EMBORNAL

Hermínio Bello de Carvalho por Luiz Pessanha

EMBORNAL

ANTOLOGIA POÉTICA

Hermínio Bello de Carvalho

Introdução
HAQUIRA OSAKABE

Apresentação
HERON COELHO

Martins Fontes
São Paulo 2005

*Copyright © 2005, Livraria Martins Fontes Editora Ltda.,
São Paulo, para a presente edição.*

1ª edição
2005

Introdução
Haquira Osakabe
Apresentação
Heron Coelho
Acompanhamento editorial
Helena Guimarães Bittencourt
Revisões gráficas
*Ana Maria de O. M. Barbosa
Maria Fernanda Alvares
Luzia Aparecida dos Santos*
Ilustrações
Luiz Pessanha
Produção gráfica
Geraldo Alves
Paginação/Fotolitos
Studio 3 Desenvolvimento Editorial

**Dados Internacionais de Catalogação na Publicação (CIP)
(Câmara Brasileira do Livro, SP, Brasil)**

Embornal : antologia poética / Hermínio Bello de Carvalho ; introdução Haquira Osakabe ; apresentação Heron Coelho. – São Paulo : Martins Fontes, 2005. – (Coleção poetas do Brasil)

Bibliografia.
ISBN 85-336-2198-1

1. Poesia brasileira I. Osakabe, Haquira. II. Coelho, Heron. III. Título. IV. Série.

05-6265   CDD-869.91

Índices para catálogo sistemático:
1. Poesia : Literatura brasileira   869.91

Todos os direitos desta edição reservados à
Livraria Martins Fontes Editora Ltda.
*Rua Conselheiro Ramalho, 330 01325-000 São Paulo SP Brasil
Tel. (11) 3241.3677 Fax (11) 3101.1042
e-mail: info@martinsfontes.com.br http://www.martinsfontes.com.br*

COLEÇÃO "POETAS DO BRASIL"

Vol. XVII – Hermínio Bello de Carvalho

Esta coleção tem como finalidade colocar ao alcance do leitor as obras dos autores mais representativos da história da poesia brasileira. Ela conta com a colaboração de especialistas e pesquisadores no campo da literatura brasileira, a cujo encargo ficam os estudos introdutórios e o acompanhamento das edições, bem como as sugestões de caráter documental e iconográfico.

Coordenador da coleção: Haquira Osakabe, doutor em Letras pela Unicamp, é professor de Literatura Portuguesa no Departamento de Teoria Literária daquela Universidade.

Heron Coelho, que apresenta o presente volume, é formado em Letras pela USP. Iniciou mestrado em Teoria Literária, em 2000, dedicando-se, a partir daí, à produção de discos, elaboração de roteiros e direção de espetáculos musicais.

Alexandre Pavan, autor da Cronologia, é jornalista, co-autor com Irineu Franco Perpetuo do livro *Populares e eruditos*. Prepara, no momento, o perfil biográfico de Hermínio Bello de Carvalho.

VOLUMES JÁ PUBLICADOS:

Cruz e Sousa – *Missal/Broquéis*.
Edição preparada por Ivan Teixeira.

Augusto dos Anjos – *Eu e outras poesias*.
Edição preparada por Antonio Arnoni Prado.

Álvares de Azevedo – *Lira dos vinte anos*.
Edição preparada por Maria Lúcia dal Farra.

Olavo Bilac – *Poesias*.
Edição preparada por Ivan Teixeira.

José de Anchieta – *Poemas*.
Edição preparada por Eduardo de A. Navarro.

Luiz Gama – *Primeiras trovas burlescas*.
Edição preparada por Ligia F. Ferreira.

Gonçalves Dias – *Poesia indianista*.
Edição preparada por Márcia Lígia Guidin.

Castro Alves – *Espumas flutuantes & Os escravos*.
Edição preparada por Luiz Dantas e Pablo Simpson.

Santa Rita Durão – *Caramuru*.
Edição preparada por Ronald Polito.

Gonçalves Dias – *Cantos*.
Edição preparada por Cilaine Alves Cunha.

Diversos – *Poesias da Pacotilha.*
Edição preparada por Mamede Mustafa Jarouche.

Raul de Leoni – *Luz mediterrânea e outros poemas.*
Edição preparada por Sérgio Alcides.

Casimiro de Abreu – *As primaveras.*
Edição preparada por Vagner Camilo.

Medeiros e Albuquerque – *Canções da decadência e outros poemas.*
Edição preparada por Antonio Arnoni Prado.

Fagundes Varela – *Cantos e fantasias e outros contos.*
Edição preparada por Orna Messer Levin.

Silva Alvarenga – *Obras poéticas.*
Edição preparada por Fernando Morato.

ÍNDICE

Introdução XIII
Apresentação XXXI
Cronologia XLV

EMBORNAL

ANTOLOGIA POÉTICA

Planta baixa da casa-embornal (ela e seus compartimentos inaugurais) 7
Eu-embornal – casa-matola, albergue 33
O castelo antropofágico – a comilança litúrgico-pantagruélica 85
O zôo-ilógico 123
Retratos em crayon amarfanhados na matula-embornal 151
El gran circo na corja-súcia 191
Liturgia profano-sacrílega 217
Conjecturas e reflexões esquecidas no sótão, dentro de um embornal 241

Documentação e iconografia 289
Índice remissivo 299

Ao
Dr. Monge de Lara
Ele no seu campo endóptico.
Homenagem do autor.

INTRODUÇÃO

Reapresentando Hermínio

> *O amor é simplesmente o ridículo da vida.*
> (Herivelto Martins)

> *... o coração em sobressaltos à campainha da porta/ disposto à benignidade, ao ridículo, à doçura.*
> (Adélia Prado)

> *As cartas de amor, se há amor/Têm de ser/ Ridículas.*
> (Álvaro de Campos-Fernando Pessoa)

Guardei o nome Hermínio Bello de Carvalho desde quando li o texto que escreveu para a contracapa de um disco de Dalva de Oliveira, nos idos de 1970. O poeta referia-se ao trabalho penoso a que se propusera de recompor, nos limites dos recursos fonográficos de então, a voz e o vigor interpretativo daquela que foi a maior cantora brasileira de todos os tempos. Tanto esforço trazia, por fim, o registro límpido da emoção e da força dramática da grande diva. Impressionou-me, além da recuperação e montagem fonográfica, o texto escrito por Hermínio, transpirando emoção e força similares a de Dalva, como se todo aquele trabalho de resgate sonoro tivesse trazido à tona um mundo de sentimentos densos, de confrontos dramáticos que o autor se reservava numa intimidade até então por mim desconhecida. Nunca mais deixei de acompanhar as aventuras dessa grande personagem de nossa história cultural, sobretudo pela sua ligação com outras grandes figuras de nossa música popular que cultuei e continuo cultuando, como Aracy de Almeida, Alaíde Costa e Isaura Garcia, além da própria Dalva – figuras fundantes do imaginário sentimental de nossa tradição musical. Agora, um acaso nada casual aproxima-me de Hermínio por conta da oportuna publicação, em coleção que tenho a honra de coordenar, deste livro, que une a seus poemas inéditos outros que Hermínio foi escrevendo durante quase meio século. Trata-se de uma publicação, uma antologia mais propriamente dizendo, que, como diz bem Heron Coelho, respira um certo ineditismo. Explica-se: o Hermínio poeta "de livro" sempre ficou à sombra do Hermínio letrista, compositor e homem das lides culturais. Isso por conta das edições pequenas, de circulação restrita, que ficaram sempre limitadas aos admiradores mais próximos, embora tenham recebido não poucos elogios por parte da crítica especializada.

O mínimo que se pode dizer do livro que ora se apresenta ao público com o nome de *Embornal* é que ele confirma e consagra sob o nome de poeta a figura de sensibilidade fina, linguagem eloqüente e sensual que já conhecíamos nas diversas modalidades em que ela se manifestara (parcerias musicais, teatro, encartes). Mais do que isso, ele, o livro, surpreende por trazer a público uma poesia que, mesmo com uma dicção que remonta à poesia de meados do século findo, convence por sua construção coerente e segura e, paradoxalmente, justifica-se como novidade. Pouco tempo atrás, um especialista em poesia moderna (não modernista) alertou-me para o fato de que hoje uma poesia como a de Drummond, Bandeira, por exemplo, teria perdido sua aura de contemporaneidade. Tributário das conquistas do modernismo, esse tipo de poesia, construído sob o signo da informalidade, sob o ritmo da fala de todos os dias e, sobretudo, sob o impacto inovador de uma percepção destituída de retórica, soaria hoje como tradicional. De fato, há na poesia mais prestigiada nos dias atuais uma certa tentativa de dispô-la dentro de exigências formais ditas mais rigorosas, econômicas, ligando-se a filões vanguardistas, mormente da literatura norte-americana. O aparecimento de uma poesia como a de Hermínio Bello de Carvalho, neste início do século XXI, força a uma rediscussão dessa atitude crítica: se se trata de uma poesia que tem a chamada dicção anacrônica, isso não pode constituir em critério para caracterizá-la como poesia inferior. Mais ainda, eu ousaria dizer que talvez o seu possível anacronismo seja a sua marca mais positivamente poética, num sentido particular que vou explicitar a seguir.

Evoco aqui o espanto que causou o aparecimento da poesia de Adélia Prado no final da década de 1970. Festejada por Drummond e por críticos como Affonso Romano de Santana como grande novidade poética, foi olhada (e continua sendo) de soslaio por uma certa crítica contemporânea, exatamente pelo anacronismo, evidente na forte religiosidade, na informalidade discursiva (bastião modernista, afinal), no universo quase rural, artesanal, pré-industrial. Ousaria dizer que, se essas marcas justificaram a consolidação de Adélia Prado no cenário da poesia nacional, continuam sendo elas o mais sólido argumento para confiná-la a um padrão poético mais ao gosto doméstico, feminino, logo, sem direito à cidadania da crítica formalista. Com este livro de Hermínio, imagino que vá se passar algo semelhante.

De início, o título *Embornal* (impossível não remeter a *Bagagem*, título do primeiro livro de Adélia Prado). Palavra meio em desuso, vem sendo ela substituída por termos mais modernos, como mochila, bem ao gosto da população urbana. Aliás, a citação do verbete de dicionário logo às primeiras páginas do livro tem como finalidade familiarizar o leitor moderno com o termo que, sem dúvida, remonta a uma época que ainda concedia às construções artesanais, como a sacola de pano, o embrulho de jornal, os sacos de farinha alvejados, uma nobreza de distinção. Era outra época a que forneceu ao poeta não apenas a memória do invólucro mas, sobretudo, a dos conteúdos que de fato caberiam com perfeição num objeto tão particularmente configurado como o embornal. Que conteúdos são esses é o assunto de que vou me ocupar a seguir. Todo o universo significativo, afetivo e poético tal como lhe dá existência o poeta cabe num "embornal", com justeza e precisão. E por isso mesmo convoca o leitor para uma experiência poética que o desloca além dos tempos atuais e não deixa de ser um convite para uma provocação crítica a respeito de nossos tempos.

O livro tem oito partes que cito pelos termos indicativos: "Casa-embornal"; "Eu-embornal"; "O castelo antropofágico"; "O zôo-ilógico"; "Retratos em crayon"; "El gran circo na corja-súcia"; "Liturgia profano-sacrílega" e "Conjecturas e reflexões". Imagino que o autor tentou uma espécie de distribuição temática (ou de dominante temática) que ajudaria o leitor no percurso de leitura do livro. De fato essa distribuição ajuda e permite que o leitor, considerada a particularidade temática de cada parte, tenha com a leitura de poucos poemas uma visão geral do universo abrangido pela obra. Assim, em "Casa-embornal", o leitor irá conhecer simbolicamente o mundo afetivo que emerge da memória do sujeito contemporâneo, a espécie de geografia sentimental que tem como centro o lar antigo; pode-se dizer que "Eu-embornal" trata do desvendamento daquele mesmo sujeito que se constitui da matéria nostálgica. "O castelo antropofágico" tem como centro temático o amor, vivido obviamente como processo de devoração. "Retratos em crayon" é constituído de esboços de figuras, ensaiados a partir de traços essenciais. Em "El gran circo", o poeta reúne uma variedade de tipos humanos que compõem um longo cotidiano; e em "Liturgia profano-sacrílega" o poeta chega a uma questão que sob formas variadas está em todas as partes e que tem a ver com sua experiência do sagrado.

Dessas partes, gostaria de salientar as duas que me chamaram mais a atenção: "Retratos em crayon" e "Liturgia profano-sacrílega". A primeira é formada, como indiquei acima, de alguns esboços de pessoas (ensaios ligeiros), mas tem suas partes mais significativas dedicadas a duas grandes figuras do imaginário dos anos 1960: Aracy de Almeida e Marilyn Monroe (Norma Jean Baker). As composições são de uma exatidão impressionante, não pelos contornos históricos e biográficos, mas pelos laços afetivos que acabam por projetar no próprio retrato o poeta retratista. Em "Liturgia profano-sacrílega", o poeta desvenda para o leitor um pouco das suas secretas (des)crenças. É praticamente um fecho, um ponto de chegada num percurso nem sempre dourado e via de regra eivado de solidão e amargura. Chegamos aqui a uma outra possibilidade de organização do livro. Mais do que a circunscrição temática muito bem definida nas partes discriminadas acima, falam de muito perto ao leitor determinadas constantes significativas que sustentam todas as partes e definem de modo contundente o perfil poético do autor. Enumero algumas dessas constantes: a poesia como viabilidade; a fantasia como verdade; a perda de si e dos outros; o amor como destruição. Imagino que, do ponto de vista crítico, a constante mais relevante seja a última (a poesia como viabilidade).

Vou tomar como ponto de partida um poema que se encontra na parte final do livro e que pode ser considerado a arte poética subjacente a toda a obra:

Como secar as palavras
se elas entornam de minhas mãos
indiferentes ao meu gesto controlador?
E controlar as lágrimas, como fazê-lo?
se elas insistem em brotar como filetes de água
se anunciando cachoeiras ridículas, prestes a
                       [desaguar rio acima?
Como ressecar os sentimentos
que umedecem a minha alma e parecem brotar de
                       [novo
do pano de chão com que as esfrego, cônscio da
                       [inutilidade do ato?
Difícil é o ofício, disse o poeta.
Mas viver, meu Deus!, também como é difícil!

De início, uma confissão: a impossibilidade da contenção e a imposição do derramamento (verbal e emocional). Fica bem-posta a idéia de que a consecução da poesia obedece a um impulso e a um ritmo incontroláveis, como o são as emoções que a presidem. E fica muito explícita a relação que o poeta guarda com a própria poesia. Ele não a domina, não a educa, nem consegue confiná-la no interior de um corpo contido, apolíneo, mas simplesmente vive-a como a vida, esta, também difícil e incontrolável. Essa formulação, que não afirma nem faz a apologia de uma poesia inspirada e emocional, mas simplesmente acata-a como um dado incontornável, parece não desconhecer os seus próprios riscos: a abundância, a superemotividade, o risco da deformação e do desequilíbrio, da imperfeição enfim. Mas justifica de modo eloqüente a ligação do poeta Hermínio com o cidadão Hermínio, romântico de nascença, capaz de se expor ao mundo com e através de seres de sensibilidade exuberante como Dalva de Oliveira, Isaura Garcia, cantoras caracteristicamente dramáticas, divas do desgarramento amoroso, da infâmia e da marginalidade. Então, o conceito de poesia que emana do livro todo tem muito a ver com o de exercício vivencial em que a ordem da vida informa o que é da ordem da poesia e em que a ordem da poesia corporifica a desordem da vida. Desse modo deve ser entendido o expressivo poema que tem como versos iniciais "Um dia haverá / em que renegarei tudo o que disse" e que consta da primeira parte do livro. Trata-se de uma espécie de balanço, um exame de consciência em que as inquietações desdobram-se, amalgamando a poesia e a vida, de tal forma que, ao mesmo tempo que se intercalam os sujeitos poético e existencial, dificilmente se discernem as vozes de um e de outro. Leiam-se apenas alguns de seus versos:

1
Um dia haverá
em que renegarei tudo o que disse.

Menos esse emplastro de sangue, espero.
Menos estas palavras
que se soluçam imprescindíveis.

2
Não foi de minha mãe que eu trouxe
este embrulho e esta reza, a vida rota e sem
    [nexo
e o verso troncho, amarfanhado.
Nem de meu pai a mágoa coagulada
e este risco na alma dividindo o sentimento:
de um lado, amargura e de outro
uma tristeza azeda, discretamente.
Nasci à margem de um rio de águas salobras
sem vestígios de quaresmeiras e abieiros à beira.
Os traços que me cederam para compor esta imagem
externam mal quem eu sou; prensaram em
    [mim essas marcas visíveis a olho nu;
os olhos a um passo de um poço e a alma
    [dividida
em quarteirões bem distintos, e em todos
    [faltando luz.

....

4
Sabes, poeta, que não fundaste nenhum ramo
    [para a poesia
mas isto não te põe infeliz.
Foste íntegro no ofício e te paramentaste para
    [as santas missas
e entre acólitos caminhaste a tua improvável
    [santidade, e provaste da hóstia
e em sal e vinho te ungiram a testa e teus
    [lábios rangeram
antigas novenas que tua destroçada fé em
    [deus ainda faz ruminar
quando a hora é tonta e a vertigem é súbita.

....
8
Quero esta exata noite fotografada em meu
 [terno escuro.
Quero estas luas de sangue e o seu poço, e
 [esfregar essa areia na alma, até arder.
....
Quero fazer um poema tão violento que eu
 [chore
só de me ver nele repassado.
Quero as frinchas secas do meu pensamento
e a palavra amor apunhalada em qualquer
 [muro de pedra ou de cimento.
Quero estremecer meu corpo nestes sais
em que os santos despojaram suas cruzes,
e procuro entre o mijo e o escarro a exata
 [palavra para construir o poema
e vomitá-lo inteiro –
e em meus olhos vazá-lo como um espeto
desses que transpassam carniças expostas no açougue.
Ele poema: vômito e escarro.

A poesia funciona como o próprio modo de vida e justifica seu ritmo no jorro de emoção, lágrimas e suores que fazem a grandeza e a mesquinhez de seu universo. Nesse sentido, estamos diante de um poeta que assume como valor o *kitsch* (e, com ele, o anacronismo) das emoções que emanam das manifestações menos intelectualizadas da arte. E aqui tocamos em outra das constantes de sua poesia: a fantasia como verdade. O poema que formula de modo emblemático essa constante é o dedicado a Marilyn Monroe ("Poema para Norma Jean Baker") e que inicia da seguinte forma:

Teu cabelo
parece que o sinto dourando minha mão.
E o teu som
       (cada pessoa tem um som peculiar)
parece engastado no quadro de madeira
       [na chave no rótulo.

Mais uma vez chegamos tarde:
tua mão sobre o telefone não nos alcançou;
e, no entanto, viríamos todos: o guarda civil
o lixeiro o escriturário o poeta o bancário
o proxeneta o homem-bala do circo e o corcunda
       [quase cego
viríamos todos, absolutamente todos
e diríamos não faça isso que bicho-papão
       [não gosta de menina travessa.
Aliás, sempre chegamos tarde.
Existe um relógio sintomaticamente atrasado
regendo aquilo que seria o tal gesto salvador.

Trata-se de uma peça notável em que o mito daquela mulher que a magia do cinema trouxe para tão próximo de nós insere-se na vida do poeta com uma intimidade comovente. Afinal para quem é o outro saquinho de pipoca que ele compra à entrada do cinema, senão para ela?

Namoradinha:
em vez do portão, a tela cinemascope.
Pagávamos para te ver, mas não tinhas culpa
e provavelmente desejarias que todos os pobres
       [do mundo tivessem acesso ao teu sorriso
e que para te namorar não precisassem pagar
       [entrada no cinema do bairro.

Namoradinha:
entrávamos sozinhos no cinema e eras tão boa
 [que depois sempre vinhas com a gente.
(Um dia, lembro-me agora, me surpreendi
 [comprando
dois saquinhos de pipoca, e estava fisicamente
 [sozinho.)

Onde a fantasia, onde a realidade? De tal forma a mulher – menina que jaz na foto com as mãos sobre o inútil telefone vive dentro do poeta que fica impossível não perceber nesse poema-elegia a marca de uma viuvez adolescente, ao mesmo tempo trágica e dourada, como são todas as fantasias que se querem reais, viuvez que parece ter acompanhado o sujeito poético até os dias presentes.

"Pavana, se fosse possível em tempo de samba, para Aracy de Almeida" deve ser entendido numa óptica semelhante. Aracy de Almeida, que, diferentemente de Marilyn, conferiu, segundo o poeta, ao dia-a-dia proletário a grandeza de uma utopia, esse mito suburbano, que chega para inverter a ordem simbólica do mundo, galvaniza com sua voz o mundo dos fracassados, desvelando o que de maior e mais generoso existe nesse mundo.

Vai neste poema todo o meu sentimento
que sendo o melhor de mim, não é dos
 [mais perfeitos
mas no entanto sincero na rude ternura.
Do operário ao poeta
estabeleces um elo de amor

porque te entendem melhor
todos aqueles que um dia tentaram lavar tuas tristezas
nas fórmulas mais vagabundas já inventadas pela
                                          [humanidade
(sentimentos catalogados em armários de ferro)

....

A tua voz se esfrega no corpo do operário,
        [nos resíduos de óleo e graxa
(pago de seu ofício)

tua voz roça
o salário mínimo, a conta da Cooperativa,
        [o trem de ferro do operário
e o teu contato é como se fosse
    a grande muralha se desfazendo
    e o exposto lírio corporizando nos olhos
    (e pende a lágrima).

Tua voz é
a grande praça pública do aflitivo encontro
de todos aqueles em quem o coração nasceu
                [definitivamente torto
predispostos à lágrima e ao amor
(náufragos do amor)
a se baterem no muro comum dos problemas
                            [insolúveis.

    Penso que o poeta Hermínio Bello de Carvalho chega nesses dois poemas à realização mais cristalina de sua visão como artista: a poesia é a formulação decisiva e completa do homem. E quem é esse poeta senão aquele que se constituiu (ou se destituiu?) à margem da felicidade e que forma, com a massa enorme dos despossuídos da sorte, um mundo cuja manifestação mais evidente é a lágrima que se difunde nas "fórmulas mais vagabundas já inventadas pela humanidade". Chegamos à terceira das constantes. A perda de si e dos outros. O terreno é o da nostalgia. E, além da própria vida, aqui o mestre do poeta é Fernando Pessoa, para quem o sujeito define-se pela negação e pela perda ("O que sou hoje é terem vendido minha casa", lembremos). Sobretudo as duas primeiras partes do livro são manifestações desse sentimento de usurpação, como se a vida tivesse sido furtada dela mesma, por ela mesma. O que sobra são as lembranças? Não. Isso seria simplificar. O que sobra é o imenso sofrimento que a perda do mundo amado traz consigo, sentimento que se mobiliza para a constituição nova dos afetos antigos: a casa, os frutos, o fogão de lenha, a família, o bairro, enfim tudo aquilo que compõe a harmonia de uma felicidade talvez mais desejada do que vivida. E tudo isso cheira a uma saudade antiga, ou melhor, atemporal, o fantasma de uma inocência irrecuperável, a integridade de um mundo tramado com as mãos e que se esgarçou, puindo-se com o próprio sujeito. O tempo das relações sem mediações em que o contato com os outros se fazia através dos sabores, das cores, dos perfumes. A própria integridade humana.

Eu era uma pessoa onde as mangas caíam no
                                              [quintal;
e o pé de abiu recendia nos meus olhos
e eu era um pé de samambaia e um vaso de flor
que minha mãe botava na janela;

eu era um varal de roupas brancas,
uma constante pipa que os meninos tosavam
eu era de uma inconsciência que aos padres
                                   [confessava
os pecados mais tolos (porém essenciais);
a mangueira secou, e o cheiro de abiu não sabe mais
quando vou à feira.

....

a casa ficou escura, e o fogão de lenha ainda
                           [cozinha (na memória)
as espigas de milho que meu pai comprava
e a memória lambe, desesperada,
a fieira do pião que minha mãe jogava.

    Com certeza causará uma certa surpresa a parte dedicada ao amor ("O castelo antropofágico"). A seguir a tônica geral do livro, segundo minha leitura até aqui, o capítulo "Amor" seria aquele ponto de aglutinação, ou ápice das constantes que indiquei. No entanto, o tom dramático que se observa nelas, sua contundência dolorosa, dá lugar a uma atitude mais alegórica. O amor, resumindo-se num processo de devoração, encontra nas variações significantes do verbo "comer" sua construção privilegiada. Dissolve-se a atmosfera de lamentação e nostalgia, enquanto o sofrimento cede lugar à materialidade da devoração. Amar é comer ou ser comido, parece ser o grande lema desta parte, dissolvendo sintomaticamente a presença do sentimento, a força da memória, a eleição da fantasia. Embora essa solução estética encontre na tradição de tantas culturas uma justificativa mítica (a devoração do corpo sagrado), parece-me que, no caso do livro de Hermínio, estamos diante de um processo menos pretensioso. Poderia falar aí de um processo de dissimulação: o amor resumindo-se na materialidade do ato carnal, não é território que se preze para que a mágoa ou o desgarramento insinuem nele o reverso do prazer. "Face à faca" é um belo poema, que, estrategicamente deslocado para a última parte, revela o que a metáfora da devoração carnal tenta em vão ocultar:

(*o amor*) Só quem o amargou, sabe-lhe a vertigem
só quem o provou, sabe o que amarga;
ainda assim é mais que uma dádiva,
talvez, quem sabe? a própria recompensa

por tudo que matou ou mata em seu caminho
mas que logo adiante, já renasce
combatente feroz, quase inimigo
que só se combate face a face.

Reconhece-se aqui a presença de mestre Drummond (em "Destruição", por exemplo), como se essa percepção agônica do amor fosse ocasional, deslocável como coisa avulsa, para a última parte do livro ("Conjecturas e reflexões"). Na verdade é essencial. A apologia da devoração antropofágica, do prazer gustativo do corpo do outro, atitude até certo ponto donjuanesca, mascara aquilo que o próprio poeta já apontava no desempenho dramático de uma Dalva de Oliveira, por exemplo: a maldição do desgarramento, a sina dos "fracassados do amor". Assim, se em outras constantes temáticas o poeta se revela tributário de uma poética que se derrama e transborda de lamento e sofrimento, no caso do amor, ele se recolhe ou se protege sob o signo do destruidor. Mesmo assim, permanece fiel a uma estética da exuberância, mas num discurso muito menos convincente porque didático e transparente e que trai o próprio fulcro vital de onde brotaria a poesia toda.

De qualquer modo, a poesia de Hermínio Bello de Carvalho está aí, agora à disposição de um público maior. Espera-se que, sobretudo por conta de sua feição intuitiva e passional, venha ela alertar mais uma vez para a permanência de tudo aquilo que sua tradição poética consolidou e que a pós-modernidade vem tentando colocar de escanteio: os afetos indisfarçáveis, os versos rebeldes a qualquer controle, os excessos da vida enfim.

HAQUIRA OSAKABE

APRESENTAÇÃO

A poesia aturdida de Hermínio Bello de Carvalho

> *Hermínio Bello de Carvalho*
> *de tal modo vive abraçado*
> *à doce música, sua amada...*

E esta amada "música", mencionada por Carlos Drummond de Andrade, em poema dedicado a Hermínio, na década de 1980, será um dos fatores predominantes e essenciais para o surgimento e a manutenção de seu exercício como poeta, desde a década de 1960, quando iniciou suas atividades artísticas.

É inquestionável a importância de Hermínio Bello de Carvalho no cenário cultural brasileiro, por meio de sua multiatuação como produtor musical, compositor e, essencialmente, como agitador cultural instigante e incansável. Mas sua estréia artística dá-se concomitantemente no campo literário, a poesia, certamente a mesma que, não abarcada em produção contínua, encontra resistência em livros bissextos, ou resiste infiltrada na letra da canção, algumas delas como verdadeiros desdobramentos de poemas lançados (ou escritos e guardados) décadas antes[1].

A primeira experiência poética dá-se em 1961, com o tímido lançamento do livro *Chove azul em teus cabelos*. Pouco vislumbrado pela crítica (exceto por Antonio Olinto, que lhe sinaliza determinadas "qualidades de base", e Wilson Martins, que, numa breve análise, lhe apontou algumas falhas e poucos acréscimos estéticos), compõe-se de 19 curtos poemas, e revela os verdes anos de um jovem poeta ainda em formação, influenciado por Carlos Drummond de Andrade[2] – cuja poesia fora-lhe apresentada desde cedo pelo amigo artista plástico Walter Wendhausen – e, curiosamente, pelo francês Jacques Prévert, poesia que lhe chegara por meio de uma publicação jornalística.

Alguns elementos estéticos se embrionam neste livro, dentre eles a articulação da paixão amorosa como fulcro temático, engendrada em pequenos "retratos poéticos", que anos mais tarde permearia também seu cancioneiro e sua poesia amadurecida, obviamente sob outros prismas. O campo imagético restringe-se ao corpo do ser amado, deflagrado em *flashs* de memória ou de-

---

1. Refiro-me a poemas como "Salamargo", presente nesta edição, que deu origem à canção homônima (em parceria com Eduardo Marques, gravada pela cantora Simone, em 1974).

2. Anos mais tarde, a partir da década de 1970, Hermínio e Drummond mantêm contato, amizade celebrada em trocas de correspondências e presentes afetuosos.

sejo, resquício da poesia romântica absorvida pelo jovem poeta na infância, mas que também, mais tarde, irá se expandir numa ruptura explosivamente erótica (anos depois, em livros lançados a partir da década de 1970).

De tiragem pequena e independente, *Chove azul em teus cabelos* circulou entre os amigos, especialmente artistas dos quais Hermínio já se aproximava (artistas plásticos, escritores, jornalistas, músicos cariocas e, claro, sambistas, dentre eles Ismael Silva, deflagrado, neste primeiro livro, sob um olhar poético "chagalliano" – poema presente nesta antologia).

Em 1962, lança *Ária & Percussão*, um conjunto subdividido em blocos, roteiro com poemas diversos, que abrangem uma espécie de cosmovisão (ainda sob a égide da influência drummoniana), alguns experimentos formais (que não seriam levados adiante em outras publicações) e poemas de amor – nos quais se consolida, definitivamente, o objeto amoroso como temática central, embora ainda articulada comedidamente, exceto pelo poema "Receita para assassinato seguida de cardápio do corpo da pessoa amada"[3]. Desfecho do livro, este poema prenuncia alguns elementos estéticos a se desdobrarem na obra de Hermínio, poeta/letrista que, neste período, ini-

---

3. Em 1969, este poema figurou na antologia *Poemas do amor maldito*, organizado por Gasparino da Mata e Walmir Ayala, com poemas de novatos como Mário Faustino e cânones como Mário de Andrade e Carlos Drummond de Andrade.

ciou contato e pesquisa com a densidade musical de um Villa-Lobos (cujas peças letraria anos mais tarde), e vivenciou sua primeira experiência como compositor, ao lado do músico Antonio Carlos Ribeiro Brandão, no disco *De amor, de saudade,* cuja simplicidade das letras dialogava diretamente com alguns poemas menores deste segundo livro.

O mencionado poema "Receita para assassinato seguida de cardápio do corpo da pessoa amada" merece aqui um destaque, por prenunciar a presença do elemento erótico por meio da "devoração" do corpo amado, antropofagia e metáfora sexual – o banquete em que se serve o objeto desejado, temperado com esmero, à iminência da degustação do outro que, num ritual profano, prepara seu farnel condicionado pela luxúria, mas ao mesmo tempo por um desejo amoroso quase lúdico, extremos desafiados pelo eu-lírico. A partir da década de 1970, este tema também permeará algumas das letras fundamentais de seu cancioneiro.

Este poema, assim como o "Poema informal e muito muito lírico" reaparecem, reestruturados, décadas depois, em *Contradigo* (1999), com algumas alterações. Cumpre assinalar que, em 1962, a poesia ainda incipiente do autor chamara a atenção de alguns críticos literários, dentre eles Sérgio Milliet – que em artigo de *O Estado de S. Paulo* aponta-lhe ressonâncias relevantes com Drummond –, Antonio Olinto, Álvaro Moreira e especialmente Walmir Ayala, que inclui, no ano seguinte, poemas de Hermínio na antologia *Novíssima poesia brasileira*.

A continuidade e o amadurecimento gradativo dão-se em *Argamassa*, de 1964, em que uma espécie de condensação formal é estabelecida, bem como um veio temático mais definido, na seleção de poemas que demarcam a dualidade do poeta e do iminente letrista de canção popular. Metáforas e imagens de um universo onírico começam a se cristalizar neste pequeno livro prenunciador que, seguindo quase à risca o título, deve condensar, qual "argamassa", toda uma gama de influências externas e elementos empíricos num mesmo bojo, num mesmo lugar-comum – a poesia –, que deverá, doravante, servir de espaço para a manifestação de uma fala recusada, marginalizada.

O elemento homoerótico se insere, nesse livro, no poema-título, por meio da deflagração de "dois arlequins abraçados" em um "abraço de água", ou seja, enlace indissolúvel à força devastadora da "lança dos olhos" que capta a imagem:

> A lança dos olhos
> colhia perfeita
> aquela visão:
> dois arlequins abraçados
> um abraço de água
> líquido afago
> (escamas prateadas
> nos losangos encerados
> qual peixes fundidos
> numa só massa:
> argamassa).

Algas mansas
algo laço
lânguido abraço
não há quem desfaça
o nó desse abraço.

Dá-se, neste livro, o primeiro grito proeminente da poesia de Hermínio: a articulação do elemento erótico, independente de classificações ou rótulos, mas transitando entre um pansexualismo matizado, em que o corpo do eu-lírico deve se integrar à natureza de seus sentidos, bem como captar todo o universo "malformado", como diria Drummond em "Mulher vestida de homem":

> Não precisa contar-me o que não conte
> a seu marido nem a seu amante
> A (o) esquiva Márgara sorri
> E de mãos dadas vamos
> Menino-homem, mulher-homem,
> De noite pelas ruas passeando
> O desgosto do mundo malformado.[4]

O "malformado" revela a incipiência do mundo, ao contrário do que seria uma possível deformação. Não há erros nem defeitos, mas há a marginalidade, que encontrará na arte sua possibilidade de discurso, seguindo o pensamento do francês Georges Bataille.

Assim, a poesia de Hermínio encontrará um caminho sistematizado, anti-hermético, ressoan-

---

4. ANDRADE, Carlos Drummond de. *Poesia completa.* Rio de Janeiro, Nova Aguilar, 2002.

do como um grande campo para expressões oníricas e empíricas, matizadas ou violentamente expostas, inventivas e biográficas, retratos de paisagens sonhadas ou pinturas de quadros de personagens reais, como Aracy de Almeida, que aparece retratada em um poema presente nesta antologia.

O crítico Hélio Pólvora atentou para esta profusão imagética e para o modo com que Hermínio articula elementos tematicamente díspares num discurso exasperado, à iminência da eclosão: "Hermínio Bello de Carvalho parece em carne viva; o contato com o mundo lhe é doloroso, faz-se às pressas, mas de uma forma perfurocortante (...) Sintomática é sua fixação, em *Argamassa*, pela faca, pelo punhal."[5]

Ainda em 1964, Hermínio cria *O Menestrel*, movimento vanguardista cujo trabalho, inicialmente, consistia na impressão de poemas em papel *kraft*, avulsamente distribuído em mesas de bares, teatros etc. no Rio de Janeiro. Poemas de autores profissionais, como Walmir Ayala, e de estreantes ou amadores, como Vanina, a garçonete do Zicartola, eram oferecidos, "a mancheia", a um público eclético. Esse projeto abrangeu, sucessivamente, apresentações de música erudita e popular, envolvendo instrumentistas como Turíbio Santos e Oscar Cáceres, e cantores populares como Paulo Tapajós, Araci Cortes e a estreante Clementina de Jesus, considerada pelo poeta o "seu

---

5. In *Diário Carioca*, Rio de Janeiro, 1964.

melhor samba"⁶. A intensa atuação como roteirista de musicais, produtor de disco, editor (o lançamento do primeiro livro do poeta Júlio José de Oliveira, *Absalão*, de 1965⁷) e até como dramaturgo (breve experiência ao lado de Maurício Tapajós e Cacaso, na malsucedida ópera popular *João-Amor e Maria*, realizada em 1966, no Teatro Jovem), além de sua atividade constante como agitador cultural, afastaram o poeta das publicações, restringindo-se à uma escritura reclusa, criação gradativa de poemas inéditos constantemente burilados e guardados em gavetas, alguns mais tarde utilizados em livros posteriores.

Nove anos depois, lança seu quarto livro, *Amor arma branca* (1973), com poemas inéditos, acrescidos de poemas anteriores, já editados, mas reescritos. Aliás, um dos métodos de criação de Hermínio é o refazimento dos poemas, processo constante de recriação, às vezes atribuindo-lhes inúmeras versões. Lançamento independente, este livro compunha-se de folhas dis-

---

6. Embora pouco divulgado e conhecido, *O Menestrel* teve fundamental importância, ao atuar como um catalisador de expressões artísticas: a difusão da poesia de alguns artistas cariocas da época, bem como, sucessivamente, a experiência, em palco, com jovens e veteranos músicos. Embrionou-se, neste período, aquele que seria um marco na história de nossa música popular: o musical *Rosa de ouro*, que revelou a grande sambista Clementina de Jesus, aos 65 anos.

7. Primeira e única atuação de Hermínio como editor. Primeiro livro do fluminense Júlio José de Oliveira (1937-1997), Absalão teve edição independente, com capa desenhada pelo também escritor Lúcio Cardoso.

Apresentação

persas, embaladas em um envelope ilustrado pelo artista plástico Luiz Pessanha, cujas gravuras dialogavam diretamente com os poemas, e ressurgem nesta antologia, com o intuito de resgatar a respiração e a ambiência da estética trabalhada por Hermínio a partir deste livro.

Em *Amor arma branca*, os elementos fundamentados nos livros anteriores se retomam e se consolidam, dentre eles o transbordamento amoroso como forma de sublimação da loucura de um eu-lírico perdido em si mesmo, dentro do caos que, antes de ser externo, encontra-se sulcado internamente. Neste viés, o eu-lírico encontra duas formas de expressão-catarse: a eclosão/evasão de seu "eu", extravasamento egocêntrico, condicionado pela melancolia, que, segundo Heidegger, também é uma fonte da genialidade ("eu sou uma pessoa a quem o diabo pôs triste/e o pé de abiu recendia nos meus olhos"), e também pela fragmentação do "eu" em metades opostas, mas complementares ("metade sabre de ouro" e "metade asa de anjo"); ou a observação da loucura/degeneração do "outro", alteridade e espelhamento sobre o "terceiro", "alheio" e "extramuros", no "ele" que "aquece uma aflição na boca, que nem bolo de sangue com pimenta".

O elemento erótico se acentua por meio de uma brutalidade ácida, o olhar do "eu-lírico" sobre a essência humana em suas vicissitudes amorosas e sexuais como uma condição viciosa e agônica: "os dois amantes se fitam, e há nos olhos de um uma poça d'água"; dor e mácula sobre o amor orgânico aspirado, metaforizado na "maçã que apodrece em tua boca", o pecado original deflagrado no poema "Agô Kelofé".

Após doze anos de reclusa produção poética, Hermínio lança *Bolha de luz*, de 1985, pequeno livro independente, acompanhado de um compacto em vinil, com parcerias musicais suas com Vital Lima ("Tal qual eu sou"), Cláudio Jorge ("Desapreço"), Maurício Tapajós e Cacaso ("Modinha"), esta última merecedora de apontamento: composta para o libreto *João-Amor e Maria*, de 1967 (ver cronologia), esta canção teve sua origem num poema do livro *Ária & Percussão*, de 1962, presente nesta antologia ("Vontade de ser ninho/ou coisa assim que te abrigasse..."), enfatizando a confluência entre a poesia e a letra da canção. Elementos temáticos e estruturais presentes na construção de sua obra poética se introjetam e se sedimentam na letra da canção, tornando-a, às vezes e em alguns casos, perfeitamente dizíveis como poemas. Assim acontecerá, por exemplo, com o poema "Retrato", de *Bolha de luz* ("Ele movia as luas com o dedos dos olhos..."), diretamente relacionado à pouco conhecida "Anjo maldito" (parceria com João de Aquino, gravada por Alaíde Costa), e também com "*Agnus Dei*", do mesmo livro, gênese da "Balada do anjo" (parceria posterior, com Frejat).

Em *Bolhas de luz*, o erotismo aflora num processo de extravasamento irrefreável, espaço para todas as manifestações antes matizadas cautelosamente: a infância, a memória, a loucura, o desejo, as pulsões e toda a realidade ao redor são filtrados e transpostos pelo olhar indisciplinado do eu-lírico:

> Os loucos, sei que os entendo.
> Por acaso quem me sonha
> os pesadelos que tenho?

Neste plano, sob o céu estrelado da errância e do desengano, vagam os gatos, as aves e as aranhas como metáforas eróticas, o sagrado e o profano numa fusão genuína, como modo de superação/sublimação do "eu-lírico" que só encontra, no poder da palavra e do discurso poético, a possibilidade de desinfeccionar a criação aturdida:

> Onde se oculta a nervosa
> cava de carne esponjosa?
> Em qual santuário repousa
> o verdadeiro Evangelho?

A produção poética de Hermínio teve considerável continuidade durante os anos consecutivos, mas sem publicações, devido a sua ampla atividade como agitador e ativista cultural, o que de certo modo desviou, em parte, sua atenção para a poesia. Obviamente, ela encontrou, como espaço para expressão, a canção popular, em forma de letras, em parcerias com Maurício Tapajós, Francis Hime, Chico Buarque, Vital Lima, Joyce, entre outros, além da atividade de "letrar" peças canônicas de nosso cancioneiro, de autores como João Pernambuco ("Estrada do sertão"), Chiquinha Gonzaga ("Atraente" e "Itararé"), Ernesto Nazareth ("Escorregando") e Jacob do Bandolim (a tríade composta por "Doce de coco", "Noites cariocas" e "Benzinho"), algumas delas verdadeiros poemas independentes da canção, ratificando a abertura que Vinícius de Moraes sabidamente agenciara na década de 1950, ao diluir as barreiras entre a "poesia literária" e a "letra da canção"[8].

Em 1999, pela Edições Folha Seca, lança o que será o mais definitivo de seus livros de poema, uma espécie de síntese conceitual de sua obra poética, exposição de suas rupturas estéticas, de suas temáticas densas, de sua estrutura formal e do diálogo aberto com a letra da música popular. *Contradigo* retoma dois poemas de *Ária & Percussão*, que aparecem reformulados e reescritos, passados mais de trinta anos, como modo de retomada e desfecho dos passos matriciais, a não-negação da poesia dos verdes anos, bem como sinalizando a continuidade e a resistência da poesia como ofício. O "Poema informal e muito muito lírico" abre este livro quase roteiro, encerrado com o "Receita para assassinato seguida de cardápio do corpo da pessoa amada", ambos numerados como segundas versões.

Neste cenário poético, composto de poemas ditáveis aos gritos e solavancos, reaparecem as figuras do universo imagético explorado ante-

---

8. Cumpre ressaltar que esta "ruptura", oficialmente realizada por Vinícius de Moraes, já havia sido prenunciada por autores/compositores como Catulo da Paixão Cearense, Orestes Barbosa, entre outros.

— *Apresentação* —

riormente, bem como retratos à meia-luz de personagens reais ou oníricos (Sidney Miller e Iracema Vitória), o "eu-lírico" novamente fragmentado em "metades" ou espelhados no "outro" ("Ele conhece o ninho das cobras / e adormece com elas na cabeça"), bem como o erotismo aguçado numa espécie de sedução selvagem, ternamente animalizada, um de seus pontos nevrálgicos:

> Tua beleza me engasga / pareces um javali
> e quanto mais me adulas / mais me amedronto
> [de ti.

A "barbárie amorosa", neste livro amadurecido, é vivenciada qual cerimônia ritualística, sem dramas romanescos, sem os "sentimentalismos" criticados nos livros iniciais, agora sob o signo da sensualidade desenfreada:

> Quando tu grudas em mim
> soltas um visgo
> e a tua língua se acende
> para meu vício.

Para a concepção desta antologia, *Embornal*, cujo título já aponta o caráter tematicamente aglutinador e variado, foram selecionados poemas dos livros e das diversas fases de sua produção, mesclando-os aos inéditos, compostos entre os hiatos de uma publicação e outra, e também aos mais recentes. O levantamento deste material (composto de pastas de inéditos manuscritos e datilografados), bem como a pesquisa sobre as publicações raras e sua escassa fortuna crítica duraram quatro anos, resultando em uma seleção que abrange, parcialmente, o todo composicional do autor, ainda repleto de inéditos e poemas não-finalizados.

E em busca de uma unidade entre o conjunto, Hermínio Bello de Carvalho interveio na criação de um amplo roteiro cênico-poético, em que os poemas se concatenam em oito blocos aos quais os desenhos de Luiz Pessanha se integram, metafórica e tematicamente.

Cumpre ressaltar que, tratando-se de uma poesia que até então se restringiu a uma produção independente e de tiragem limitada, desde seu surgimento, na década de 1960, esta antologia pode respirar como uma obra absolutamente inédita, *corpus* para uma leitura livre e descomprometida, a quem se dispõe a ouvir toda a musicalidade nela incutida, ou viajar pelas margens e pelos meandros de sua geografia poética, composta de rios, florestas aparentemente impenetráveis, mas rodeadas de passaredos e leões que nunca, nunca se permitem adormecer.

Heron Coelho

CRONOLOGIA

1935. Nasce, no dia 28 de março, Hermínio Bello de Carvalho, na rua Lygia, em Ramos, subúrbio carioca. Filho do calista Ignácio Bello de Carvalho e da dona de casa Francisca da Costa Carvalho, passaria a infância, adolescência e início da vida adulta no bairro da Glória, um dos quadrantes essenciais de seu mapa sentimental do Rio de Janeiro. Freqüentou a Escola 3-3 Deodoro, mas não se destacou nos estudos – preferia escrever poemas nos cadernos dos colegas a prestar atenção no conteúdo das aulas. Por outro lado, sua desenvoltura em organizar e promover reuniões e pequenos eventos entre os jovens o levou a ser eleito presidente do Centro Cívico Carlos Gomes. Mais tarde, passaria pela Escola Técnica de Comércio de Botafogo e estudaria contabilidade na Escola Amaro Cavalcanti.

1950-51. Depois de fazer bicos pela vizinhança para reforçar o orçamento familiar e trabalhar como contínuo na Cibrac, aos 16 anos torna-se funcionário (inicialmente escriturário) da empresa Serviços Marítimos Camuyrano S/A, na qual permaneceria por 23 anos. Na mesma época, passa a freqüentar o auditório na Rádio Nacional, conquistando a amizade de estrelas como Linda Batista. Também começa a trabalhar como repórter da revista *Rádio-Entrevista*.

1956. Estudante de violão, integra a Associação Brasileira de Violão (ABV). O interesse pelo instrumento lhe traria a amizade de Jodacil Damasceno, Oscar Cárceres, Maria Luiza Anido, Nicanor Teixeira e Turíbio Santos.

Publica na prestigiada *Revista da Música Popular* (editada pelo crítico Lúcio Rangel) a "Carta ao poeta Manuel Bandeira", na qual criticava a defasagem do artigo "Literatura de violão", assinado por Bandeira.

Nessa época, passa a freqüentar os saraus na casa de Jacob do Bandolim, em Jacarepaguá, onde conheceria, entre outros compositores e músicos, Radamés Gnattali.

1958. A convite do musicólogo Mozart Araújo, colabora com a Rádio MEC escrevendo e apresentando os programas *Violão de ontem e de hoje*, *Orquestra de sopros*, *Retratos musicais*, *Reminiscências do Rio de Janeiro*, *Mudando de conversa* e *Música, divina música*. Atuaria na emissora em dois períodos – de 1958 a 1960 e de 1964 a 1972.

1961. Estréia na poesia com a edição independente *Chove azul em teus cabelos*, recebendo as seguintes críticas:

"*Chove azul em teus cabelos* revela qualidades de base. Falta-lhe, contudo, um seguro desenvolvimento de linguagem e de ritmo. Mantém-se entre o coloquial poético e a pesquisa de cadências novas. Nisto, é positivo. Mesmo não conseguindo um equilíbrio válido no gume em que procura firmar-se, prova o autor que possui o impulso inicial de poeta. Veja-se, por exemplo, o tom surrealista do poema intitulado 'Visão chagalliana de Ismael (o Sambista) debruçado sobre nós', cujos versos vão e vêm de permeio com imagens mais ou menos originais. O fluxo poético de *Chove azul em teus cabelos* prejudica o pousar das palavras. Não consegue ainda Hermínio Bello de Carvalho contê-las a tempo (por isso não se contenta com um 'respirando', no poema do estrôncio) e deixa-se levar pelo próprio entusiasmo de estar fazendo poesia. O necessário é que Hermínio Bello de Carvalho adquira o domínio do verso sem perder o impulso de poesia que o acomete. Qualidades, tem-nas muitas. Como a da naturalidade com que se apossa de alguns temas e coloca versos longuíssimos ao lado de outros menores. Não existe 'naturalidade' em arte, se por tal entendemos o banal, o corriqueiro, mas o que chamo de 'naturalidade' em Hermínio Bello de Carvalho é um pouco do modo como um Jacques Prévert pega as imagens de todo o dia para nelas insuflar um sentido inusitado" (Antonio Olinto, *O Globo*).

"São apenas 19 poemas, invariavelmente curtos. Mas parece que o autor se preocupou em transmitir seu recado sem preciosismo de feitura, interessado apenas no resultado final. Algumas peças, como o nº 5, resumem uma influência surrealista. No nº 6 se pode vislumbrar, talvez inconsciente, a presença de Pablo Neruda. Mas em outros é uma personalidade que celebra 'essa noite que se arrasta/ essa manhã que não chega' com um vigor raro em estreantes" (Péricles Eugênio da Silva Ramos, *Correio Paulistano*).

"Hermínio é lírico por excelência. A sua poesia é natural e diferente, cheia de sonoridade. Não busca o metro e a rima para a nós fazer chegar a sua mensagem lírica. Pôs poesia no papel, assim como se põe flores numa jarra" (Jefferson Leão de Almeida, *O Lince*).

Já o crítico Wilson Martins cita Hermínio, ao lado de Teresinha Alves Pereira, Domingos Muchon, Edward Rodrigues e Lupe Cotrim Garaude, como "poeta em que a sensibilidade pessoal ainda não se traduz na obra de arte poética, em que o lirismo se confunde com o sentimentalismo ou em que a poesia se reduz, por enquanto, ao poema, isto é, a um esforço de escrita" (*Jornal do Brasil*).

1962. Realiza a palestra *Villa-Lobos, uma conferência*, a convite da amiga Arminda Villa-Lobos, viúva do maestro. Neste ano, lança o disco independente *De amor, de saudade*, reunindo duas músicas suas em parceria com Antonio Carlos Ribeiro Brandão, interpretadas por Neyde Garcia e com arranjos de Radamés Gnattali e Paulo Moura.

Lança *Ária & Percussão* (Ed. Livraria São José), e o poema "Receita para assassinato seguida de cardápio do corpo da pessoa amada" é classificado como "primoroso" por Guilherme Figueiredo.

Algumas resenhas críticas a respeito do livro:

"No meio do caminho tem uma pedra! – escreveu o poeta Carlos Drummond de Andrade. Mas nacionalismo poético é mais grave, não é apenas pedra no caminho, é como diz outro poeta [Hermínio Bello de Carvalho]: 'Há estrôncio 90 em vosso caminho'" (Sérgio Milliet, *O Estado de S. Paulo*).

"Que não deixe de mencionar o poema de Hermínio Bello de Carvalho ["Receita para assassinato seguida de cardápio do corpo da pessoa amada"], sem dúvida um dos mais impressionantes documentos antropofágicos da literatura brasileira" (Homero Senna, *Correio de Manhã*).

"Daí o contato a que o leitor é levado com o mundo desse jovem, que é muito seu sem deixar de ser o nosso: ou a facilidade com que se penetra na sua poesia, rica de imagens e de vida. Nesse poeta, o humano, o diário sofrimento da vida que o cerca refletem na construção dos versos, de maneira a não se confundir com alegorias ou simples brinquedos inconseqüentes" (José Condé, *Correio da Manhã*).

"O que pode parecer indisciplina formal – metros curtos se alternando com metros excessivamente longos – e efusão lírica – certo desordenamento temático – não é outra coisa senão o esforço surpreendente para reduzir tudo a um coágulo de verdadeira emoção, na possibilidade de abarcar o fenômeno em suas linhas totais e extremamente fugidias" (Péricles da Silva Pinheiro, *Shopping News*).

"Assim é o canto de Hermínio Bello de Carvalho. *Ária & Percussão* é o caleidoscópio onde a sua alegria, a sua tristeza, os seus devaneios, a sua fé e a sua descrença se revezam, em giros acrobáticos, no tremeluzir e nas cores de sua poesia" (Jefferson Leão de Almeida, *O Lince*).

"O anti-romantismo que protesta, desde vinte e dois contra a pieguice, tem em Hermínio Bello de Carvalho um de seus mais incansáveis praticantes. Nestas páginas sofridas, nestas angústias de pesquisas, nestas audácias, sentimos nascer as folhas da árvore de Keats, por mais desigual que ainda seja o poeta em busca de si mesmo" (Edmundo Lys, revista *Querida*).

"Seus temas não são os de um requintado que viva enclausurado na torre de marfim, mas sim assuntos que falam de perto à compreensão e à sensibilidade do povo. É um poeta que não prorroga: abrevia; não declama: conversa; não disfarça: confessa" (Lago Burnett, *Jornal do Brasil*).

"Poeta até não poder mais. Poeta de dar, emprestar e vender talento" (Pedro Bloch, revista *Jóia*).

L

1963. Realiza a conferência *Sambas & sambistas cariocas*, no Museu Nacional de Belas-Artes, com as participações de Ismael Silva, Cartola, Zé Kéti, Nelson Cavaquinho e do violonista Antonio Carlos Ribeiro Brandão. A amizade com Cartola o transformaria em figura de proa do restaurante Zicartola, montado pelo sambista e sua mulher, Zica. (Aliás, Hermínio seria padrinho de casamento dos dois quando, no ano seguinte, oficializaram a união.) No Zicartola, atua, juntamente com Sérgio Cabral e Albino Pinheiro, como animador e apresentador das noitadas de samba, criando a Ordem da Cartola Dourada, comenda oferecida toda semana a um grande nome da música popular. Em 15 de agosto de 1963, encontra pela primeira vez Clementina de Jesus, na Taberna da Glória. Participa da antologia *Novíssima poesia brasileira*, organizada por Walmir Ayala.

1964. Cria *O Menestrel*, movimento de vanguarda – envolvendo inicialmente poesia e, depois, música (erudita e popular) –, no qual começaria a se exercitar como roteirista e diretor de espetáculos. Realizado no Teatro Jovem, comandado por Kleber Santos, em Botafogo, *O Menestrel* estrearia em dezembro de 1964 com o espetáculo *Violão e banzo*, juntando Turíbio Santos e Clementina de Jesus. A série teria continuidade com Jacob do Bandolim, Época de Ouro, Aracy de Almeida, Oscar Cáceres, Jodacil Damasceno, Araci Cortes e Paulo Tapajós.

Lança *Argamassa* (Ed. Livraria São José), que recebe as seguintes apreciações:

"O livro de poesia *Argamassa* é dos que mais atenção merecem na safra poética do ano" e "Entre os [poetas] que chegam mais perto dessa necessária densidade [na arte poética], está hoje Hermínio Bello de Carvalho, em quem existe a justa medida técnica de um João Cabral sem o parnasianismo de João Cabral. O poema "Saeta", inspirado no cântico espanhol com que principalmente os sevilhanos saúdam Nossa Senhora – e em que um tom de canção árabe como que se redime, por se dirigir à mulher –, é das melhores peças de poesia saídas este ano no Brasil" (Antonio Olinto, *O Globo*).

"Hermínio Bello de Carvalho é um poeta de grande força interior, de um lirismo rude e contagiante, manifestando-se em avalanches. Romântico contra a pieguice, é o inventor de palavras e versos agressivos, nesse domínio de uma beleza, de uma eloqüência tanto interna como formal, e que só raramente encontramos em poetas de hoje" (Edmundo Lys, revista *Querida*).

"Não sabemos de outro poeta assim multiforme, assim destruidor, assim tão voz-de-comício numa poesia que, como a nossa, canta muito em surdina, rumoreja, se extravasa com lentidão. Hermínio Bello de Carvalho parece em carne viva; o contato com o mundo lhe é doloroso, faz-se às pressas, mas de uma forma perfurocortante, que num único e bem calculado golpe revela o essencial, expõe o nervo. Sintomática é a sua fixação, em *Argamassa*, pela faca, pelo punhal. HBC não faz poemas: esculpe-os; atira-se ao objeto do poema com fúria, desbasta-o, algumas vezes transforma-o em lascas ressonantes" (Hélio Pólvora, *Diário do Carioca*).

1965. Lança o espetáculo *Rosa de ouro*, que teria duas versões (a segunda em 1967). Além da linguagem revolucionária em termos de show musical, o *Rosa de ouro* promoveu a volta aos palcos da grande dama do teatro de revista Araci Cortes e revelou ao Brasil a voz e o repertório de Clementina de Jesus. Para arrematar, as duas eram acompanhadas pelos sambistas Paulinho da Viola, Elton Medeiros, Jair do Cavaquinho, Anescarzinho do Salgueiro e Nelson Sargento.

Pela primeira vez, uma composição sua é gravada comercialmente: Nara Leão registra em disco, *Cicatriz* (parceria com Zé Kéti), que também seria incluída no espetáculo *Opinião* por Oduvaldo Vianna Filho.

Produz o primeiro de uma série de discos para Elizeth Cardoso, o antológico *Elizeth sobe o morro*.

Ainda neste ano, edita o livro de poemas *Absalão*, do fluminense Júlio José de Oliveira (1937-1997), edição independente com capa de Lúcio Cardoso.

1966. Estréia no Teatro Jovem a ópera popular *João-Amor e Maria*, parceria com Maurício Tapajós e Cacaso. O elenco contava, entre outros, com Betty Faria, Fernando Lebéis, MPB-4, José Wilker e José Damaceno.

1967. Participa como parceiro de Pixinguinha do 2º Festival Internacional da Canção (FIC), com o choro "Fala baixinho".

1968. Dirige o espetáculo *Qual?*, reunindo Elizeth Cardoso, Jacob do Bandolim, Época de Ouro e Zimbo Trio, no Teatro João Caetano. Nesse mesmo ano, três sambas seus atingem grande sucesso: "Mudando de conversa" (parceria com Maurício Tapajós); "Pressentimento" (com Elton Medeiros), 3º colocado na Bienal do Samba (TV Record), na interpretação de Marília Medalha; e "Sei lá, Mangueira" (com Paulinho da Viola), finalista do IV Festival de Música da TV Record.

1969. Dirige, juntamente com Fauzi Arap, a cantora Marlene no espetáculo *É a maior!* Os três repetiriam o sucesso em 1971, no show *Na boca da noite um gosto de sol*. Participa da antologia *Poemas do amor maldito*, organizada por Gasparino da Mata.

1970. Sob regência do maestro Howard Mitchell, estréia em Montevidéu *Os três mistérios da noite: angústia, solidão e morte*, obra sinfônica para coral, soprano dramático e recitante, criada pelo compositor uruguaio Guido Santorsola com base em poema encomendado a Hermínio.

1973. Volta a publicar poesia com *Amor arma branca* (Ed. Particular) e dirige o espetáculo *Panorama brasileiro* (com Simone, Roberto

Ribeiro, Tamba Trio, grupo Viva a Bahia e João de Aquino), apresentado na França, Alemanha e Bélgica, e que resultaria no LP *Brasil Export 73 – Agô Kelofé*. No ano seguinte, o show, com estrutura semelhante, seria apresentado em uma extensa turnê pelos Estados Unidos e Canadá.

1974. Demite-se de seu emprego na companhia de navegação, após 23 anos de trabalho, para se dedicar integralmente à música.
Participa da fundação da Sociedade Musical Brasileira (Sombrás). A entidade, criada para defender os interesses dos compositores na eterna briga pela moralização do direito autoral, contava com uma diretoria encabeçada por Tom Jobim (presidente) e Hermínio (vice).
Lança o disco solo *Sei lá* (Odeon), reunindo algumas de suas composições de sucesso.

1976. Juntamente com Albino Pinheiro, cria o projeto *Seis e meia*, no Teatro João Caetano. No mesmo ano, dá início a uma intensa atividade na TVE do Rio de Janeiro – entre o final da década de 1970 e meados dos anos 1990, Hermínio apresentaria na emissora, em períodos distintos, os programas *Água viva, Contraluz, Lira do povo* e *Mudando de conversa.*

1977. Na Fundação Nacional da Arte (Funarte), onde atuaria durante 13 anos, lança o *Projeto Pixinguinha*, promovendo espetáculos a preços populares por todo o país. Na entidade, ele capitanearia também os projetos *Lúcio Rangel* (de incentivo à produção de livros sobre MPB), *Almirante* (de gravação e lançamento de discos), *Airton Barbosa* (edição de partituras), *Radamés Gnattali* (ensino musical) e *Ary Barroso* (voltado para a divulgação da música brasileira no exterior).

1978. Parte de sua obra em parceria com o compositor paraense Vital Lima é registrada no LP *Pastores da noite*.

1979. Recebe o Troféu Estácio de Sá por seu trabalho com a MPB.

1982. Produz o disco *Águas vivas*, em que a cantora Alaíde Costa interpreta apenas composições suas.

1984. É eleito a "Maior Personalidade da MPB do Ano" por júri constituído pela revista *Playboy*.

1985. No ano de seu cinqüentenário, recebe a medalha Pedro Ernesto da Câmara Municipal do Rio de Janeiro, publica em edição independente o livro de poesia *Bolhas de luz* e lança o álbum duplo *Lira do povo*, uma coletânea de seus maiores êxitos, interpretados por grandes nomes da MPB.

1987-88. Lança o livro de crônicas *Mudando de conversa* (Martins Fontes) e a coletânea de artigos *O canto do pajé* (Espaço & Tempo), no qual analisa a relação de Heitor Villa-Lobos com a música popular brasileira.

1994. Publica *Cartas cariocas para Mário de Andrade*, crônicas em forma de missivas imaginárias dirigidas para o escritor paulistano, falecido em 1945, apontado por Hermínio como seu guru intelectual. Lançado originalmente pelo selo Leviatã, o livro ganharia nova edição em 1999 pela Edições Folha Seca.

1995-96. Lança *Cantoria*, CD comemorativo dos seus 60 anos, e publica a coletânea de crônicas *Sessão passatempo* (Relume-Dumará).
1999. Publica *Contradigo* (Folha Seca).
2000. Lança, em suporte CD, a obra de Clementina de Jesus, com patrocínio da Petrobras, em comemoração ao centenário da sambista. Neste mesmo ano, produz discos de Alaíde Costa, Cristina Buarque, Carol Saboya, Jane Duboc e Zezé Gonzaga.
2001. Lança o livro *Rainha Quelé – Clementina de Jesus*, organizado por Heron Coelho, com textos de Lena Frias, Nei Lopes e Paulo Cesar de Andrade.
2002. Dirige o espetáculo *O samba é minha nobreza* (que daria origem ao CD duplo homônimo), no Cine Odeon-BR, que reuniu os respeitados Roberto Silva, Zé Cruz, Cristina Buarque e Paulão Sete Cordas a novos talentos como Nilze Carvalho, Bernardo Dantas, Mariana Bernardes, Pedro Miranda e Pedro Aragão. No mesmo ano, participa ativamente da criação do Instituto Jacob do Bandolim (de valorização da obra do músico) e da Escola Portátil de Música (de incentivo à educação musical), projetos dos quais é conselheiro.
2004. No ano em que Aracy de Almeida completaria 90 anos, publica *Araca – Arquiduquesa do Encantado* (Folha Seca), um perfil biográfico de sua amiga cantora.
2005. Completa 70 anos, é homenageado pelo Prêmio Rival-BR e lança a caixa de CDs *Timoneiro* (Biscoito Fino), contendo cinco álbuns –

um deles de composições inéditas – que reúnem boa parte de sua produção musical.

Complemento

Hermínio Bello de Carvalho contabiliza mais de 150 composições gravadas e uma seleção primorosa de parceiros – Maurício Tapajós, Dona Ivone Lara, Baden Powell, Sueli Costa, Elton Medeiros, Paulinho da Viola, Martinho da Vila, João de Aquino, Pixinguinha, Chico Buarque, Vital Lima, Cristóvão Bastos, Vicente Barreto, Eduardo Gudin etc. –, além de ter letrado músicas de Jacob do Bandolim (a trilogia de choros "Noites cariocas", "Benzinho" e "Doce de coco"), João Pernambuco ("Estrada do sertão"), Villa-Lobos ("Senhora rainha", "Prelúdio da solidão"), Ernesto Nazareth ("Escorregando") e Chiquinha Gonzaga ("Atraente", "Itararé").

Toda essa obra ganharia vida nas maiores vozes de nosso cancioneiro, como Elizeth Cardoso, Marlene, Clara Nunes, Nana Caymmi, Simone, Maria Bethânia, Gal Costa, Zezé Gonzaga, Dalva de Oliveira, Jair Rodrigues, Alaíde Costa, Marília Medalha, Ciro Monteiro, Zé Renato, Elza Soares, Emílio Santiago e outros mais.

Em sua intensa carreira como diretor de espetáculos e produtor de discos, trabalhou com Isaurinha Garcia, Noite Ilustrada, Cristina Buarque, Oswaldo Montenegro, Clementina de Jesus, Zezé Gonzaga, Turíbio Santos etc., com destaque para os álbuns *Elizeth sobe o morro*, *Mudando de conversa* (com Ciro Monteiro e Nora Ney), *Fala, Mangueira* (com Clementina, Nelson Cavaquinho, Cartola, Carlos Cachaça e Odete Amaral), *Vivaldi & Pixinguinha* (com Radamés Gnatalli e Camerata Carioca), *Gente da antiga* (com Clementina, Pixinguinha e João da Baiana), *Som Pixinguinha* (último álbum do mestre), *No tom da Mangueira* e *Chico Buarque de Mangueira* (estes dois, quando a escola de samba homenageou os compositores).

ALEXANDRE PAVAN

EMBORNAL
ANTOLOGIA POÉTICA

A palavra é modal
e, sintética, reduz o que tem de importante
à sua real (in)significância.
Mortífera? Letal?
Carcinômica.
Viaja sempre em primeira classe
nunca na econômica
que econômica é a vida, nunca a morte.

> **Embornal**. (De em + bornal.) S.m. I. Saco ou bolsa, geralmente usada a tiracolo, para transportar alimentos, ferramentas etc.; bornal.

EMBORNAL

Matulão
Caixa de rapé.

Botões de madrepérola
Bolas de gude
Cacos de vidro, porém esmerilhados.

Rouge
Batom
Pinça de tirar pêlos do nariz.

Narizinho vermelho
Carlitos
(como era mesmo o nome do palhaço que era
                [amigo do Mário? Piolin!).

Guizos
Risos
Quantos rios, oh quanta alegria!

Fotos
Diplomas
Santinhos

Colagens
Bar Simpatia
Frapê de tamarindo.

Cigarros Yolanda
Pomada Parisiense
Samba em Berlim

Oh que saudades não tenho
do ocaso da minha vida!

PLANTA BAIXA DA CASA-EMBORNAL (ELA E SEUS COMPARTIMENTOS INAUGURAIS)

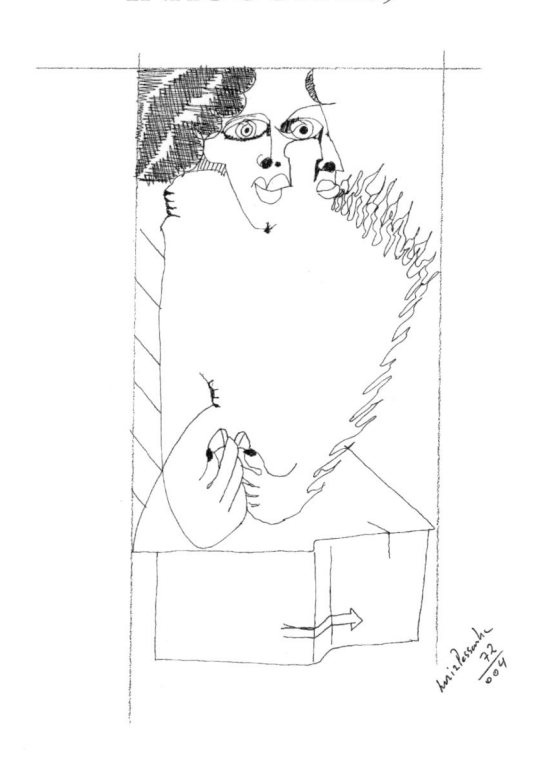

HERMENEGILDO

Sempre que me perguntam qual foi a maior
        [emoção da minha vida
eu sempre me respondo, antes de aos outros,
o que seria a maior emoção de uma vida.
Na verdade, essas questões sempre tão
        [importantes para os inquisidores,
elas provocam uma remexeção em nossos
        [porões,
um revirar no baú de ossos, no conjunto
        [residencial do Iapi da Penha
a Buick do Chico Alves surgindo na esquina
        [da Taberna da Glória
perfumando a minh'alma, ela cheia de
        [pingentes
já sendo infeliz sem o saber, ou sem querer
        [saber.
Nada disso.
A maior emoção da minha vida, lembro agora, →

foi quando um balão japonês, minúsculo e já
                              [apagado,
caiu no meu quintal, quase sobre meus braços,
misterioso como um dragão.

SETE CHAVES

Dá-se a casa, mas a chave
fica por dentro da gente
trancando com certa raiva
as coisas que lá ficaram.
Dá-se a casa, e a mobília
gruda em nossa memória:
e vem um sabor de lenha
e da carne, que ela assava;
e um certo gosto de louça
e de talher com azinhavre
e monograma bordado
no guardanapo já roto.

Dá-se a casa, e samambaias
choronas são hoje penduricalhos
nos olhos de quem a lembra
(Era a casa um coração
de quartos desajeitados;
mas se cantava, ➔

e as pessoas
não te pediam silêncio;
se chorava, e as pessoas
acudiam com seus lenços).

E há quem passe na casa
e nomeie o seu ex-dono:
uma pessoa de hábitos
estranhos e movediços
que se abrigava na chuva
e conversava com deus
e replantava gerânios
onde nem jardim havia
e vinha morto de fome
debruçar-se na paisagem
e lambuzava de nuvens
os dedos misteriosos
e lambiscava adoidado
as fagulhas das estrelas
que catava cabisbaixo
pelo chão onde pisava;
e acariciava os bois
que pelo telhado pastavam
e intumescia as guirlandas
das noivas despetaladas.

Dá-se a chave, mas a casa
se tranca dentro da gente.

A CASA – 1

O coração, de repente,
virou casa em desordem:
a porta cheia de trancas
veda o que passa dentro.
Nas paredes, os retratos
choram pelas molduras;
na mobília, amofinados,
apodrecem os guardados.
No coração, quem plantou
estes sais e tal azedo? –
Quem fez demolir a sala
onde um piano entoava
qualquer cantiga, sem medo? –
e quem matou, com cimento
a grama que circundava
o coração – essa casa?

POEMA

Eu era uma pessoa onde as mangas caíam no
                              [quintal;
e o pé de abiu recendia nos meus olhos
e eu era um pé de samambaia e um vaso
                              [de flor
que minha mãe botava na janela;
eu era um varal de roupas brancas,
uma constante pipa que os meninos tosavam
eu era de uma inconsciência que aos padres
                              [confessava
os pecados mais tolos (porém essenciais);
a mangueira secou, e o cheiro de abiu não
                              [sabe mais
quando vou à feira.
O menino ficou preso no muro
e o pé de samambaia, somente a semente
teima em reflorir no meu coração;
a casa ficou escura, e o fogão de lenha ainda
                              [cozinha (na memória) →

as espigas de milho que meu pai comprava
e a memória lambe, desesperada,
a fieira do pião que minha mãe jogava.

FORAM MUITOS PANOS

Os meus olhos eram suburbanos
e mal tinham desvestido as calças curtas;
a roupa nova, de homem, inaugurada,
era de um linho grosso, desses que à noite
mais do que a lua, rebrilhava
um brilho opaco gravoso algodoado
que nem a minha alma era, também algodoada.
O sapato novo acompanhava
o ranger do coração, descompassado.
E era a lua uma impostora que, vadia,
se ornamentava de veludo e crepe
e o coração andava aos sobressaltos
e, ao chegar a noite-percal, eu me sucumbia
na mais densa treva de um gorgorão espesso.
Da escola trazia um travo amargo
de um prato de sagu ou aletria
que, de nojo, asco, eu vomitava
por sobre a toalha de um fustão barato.
O copo de leite, lembro, nem morno ou frio →

parecia uma renda suja que vazava
uma luz difusa de agonia.

Pelos desvãos do rosto escafedia
um ar de infelicidade permanente
eu nada e nada achava, só perdia,
e tudo o que perdia era para sempre.
Uma vizinha, lembro, costurava
um vestido de cetim que acariciava
as fendas do meu sonho, o cós do pensamento.

Era um vestido de noiva
e em caudas me arrastava, já viúvo,
e o tecido bramante, lembro agora, era negro.

Se desfio a sianinha dos bordados
que atiçava minha fonte de desejos
é que minha vida, tão descosturada,
cada vez eu a vejo toda em madras
ornamentada de traças e remendos.

POEMA

A preço de ocasião
vendo este coração
habitado pelo amor
castigado de paixão.
Samambaias na janela
poesia pelos cantos
e um canário-da-terra
tanto ou mais prisioneiro
que seu dono, justo eu.
Vendo este casarão
onde mora a poesia
que cisma pelas varandas
e vagueia pela escada
e espera (é doida essa espera)
por entre os dedos do tempo
num silêncio tão imenso
que nem se ousa quebrar.

Vendo este retrato
que reflete quem eu fui: →

o sorriso retorcido
o abraço enternecido
que me dei desesperado
por não ter a quem dar.

Vendo esta arma sem uso
e o carinho interrompido
que se perdeu a caminho
de um local ignorado
(encontro desesperado
que nunca se deu);
Fui me vendendo, e a casa
é esta coisa-lembrança
é este objeto-recuerdo
que empoeira meus olhos
atiça lama aos sapatos
desalumia o caminho
pondo susto sombra e pac
pac no assoalho
que range e morde meu medo.

Amsterdam, 1971

POEMA

A bem da verdade, nem nasci;
vim por aí, soprado por uma lascada de vento
．．．．．．[que me retirou de um útero
feito de laca estilhaços de vidro argila fumaça
．．．．．．．．．．．．．．．．[e espuma.
Vim à-toa: não para cumprir mandados, nem
．．．．．．[com destinamentos específicos.
E assim fiquei. Estou por aí.
Me usem como adstringente de nós, coifa,
．．．．．．．．．[como palha de aço, esfregão
e jornal que se molha para desembaçar os
．．．．．．．．．．．．．．．．．．．．[vidros;
me usem e abusem, sem comedimentos ou
．．．．．．．．．．．．．．．．．．．[compaixões.
Me usem no tédio, nos arrebóis, me usem
．．．．．．．．．[como os músicos usam os bemóis
me usem sustenido, me usem pentagrama
e não aparem a grama que se espalha ao meu
．．．．．．．．．．．．．．．．．．．．．．[redor.

A CASA – 2

Minha casa hoje não cabe
na palma da minha mão:
tenho a louça toda arrumada
as alfaias bem dispostas
as baixelas reluzentes
e os livros postos em ordem
o que tenho, enfim, em desordem
já se vê é o coração.
Os sonhos catalogados
provam: vivi em excesso.
O que atirei às janelas,
e pensei que fossem sobras,
na verdade eram a essência
de sonhos que elaborei.
E o que restou, embrulhei
mas sem o devido cuidado.
Vieram, então, os ratos
e os enxotei com meus gatos,
e eles se interdevoraram ➔

e na goela da lixeira
foram todos atirados
para, enfim, apodrecerem
exalando podridão.
Mas restou, enfim, a casa
com suas alfaias, baixelas
Vietnã camuflado.

Sobrou-me um sentimento
de que algo deu errado
nessa rearrumação:
E um certo pressentimento
de que fui na contramão.
Onde o retrato do pai
abraçado à minha mãe?
Onde ficaram os irmãos
e o resto da parentada?
E a casa da Hermenegildo
e os quartos do eu-antepasto?
E a louça antiga, em desenhos,
e os talheres azinhavrados?
E meus vestígios de infância:
meu rema-rema quebrado
a piorra barulhenta
e o terno branco, de linho,
da primeira excomunhão?
E o sorriso descarnado
quem foi que o fotografou?
E a roupinha de pagão
quem foi que ao lixo atirou?

Eu me sobrei entre cacos
do que fui, do que não fiz. →

Planta baixa da casa-embornal

Por entre paredes a casa
me guarda que nem estrupício –
moldura lascada de um quadro
vidro trincado de uma janela
que a paisagem lá fora
teima em não contracenar
como sonhos que se evadiram
com sombras que me vincaram
com poemas que não fiz
amores que não me amaram.
E tudo que ao lixo atirei
voltou, com odor mais forte.
A casa que hoje arrumei
nela existe um porão
que sempre me consumiu –
e construo a sensação
de que a foto dos dois
(a de meus pais abraçados)
nunca de fato existiu.

POEMA

1

Um dia haverá
em que renegarei tudo o que disse.
Menos esse emplastro de sangue, espero.
Menos estas palavras
que se soluçam, imprescindíveis.

2

Não foi de minha mãe que eu trouxe
este embrulho e esta reza, a vida rota e sem
[nexo
e o verso troncho, amarfanhado.
Nem de meu pai a mágoa coagulada
e este risco na alma dividindo o sentimento:
de um lado, amargura e de outro
uma tristeza azeda, discretamente.
Nasci à margem de um rio de águas salobras →

sem vestígios de quaresmeiras e abieiros à beira.
Os traços que me cederam para compor esta
                        [imagem
externam mal quem eu sou; prensaram em
      [mim essas marcas visíveis a olho nu;
os olhos a um passo de um poço e a alma
                        [dividida
em quarteirões bem distintos, e em todos
                        [faltando luz.
Nem foi de meu bairro esse alarido da voz:
meu bairro era Santa Teresa, e o Beco
    [Ocidental, uma fome de quietude.
Esse gemido surdo que rói meu poema veio
        [aos poucos, escalavrando a carne
e amoldando a alma, levantando os muros,
    [conjecturando a casa e o que ela seria
sem gosma ou lixa, sem chumbo ou graxa,
    [apenas o esperma e as castanhas e nozes
demarcando os muros do território da pele.
Amor arma-branca na hóstia da carne.

3

A vida está posta diante dos olhos como um
                        [prato.
Sobra o sal, falta o azeite; o estômago revira-se
                    [e a boca resvala
uma palavra sórdida de cansaço.
Nada tenho a me dizer senão que estou
                  [malposto na vida
com náusea e desânimo.
Tento ser mais infeliz, por uma questão de
           [extremos e nem consigo. →

Devorar a vida como se fosse um prato de
[comida
e, revoltado o estômago, vomitar sobre o terno
[branco.
Ser poeta? nem tanto. Vagabundo ou cigano
de olhos verdes e unhas sujas e um tosco
[violino de cordas de arame
e um dialeto deglutido entre golfadas de amor,
[tudo isso me bastaria.
A vida está posta diante do prato
e o prato, em absoluto, não é apetitoso.

4

Sabes, poeta, que não fundaste nenhum ramo
[para a poesia
mas isto não te põe infeliz.
Foste íntegro no ofício e te paramentaste para
[as santas missas
e entre acólitos caminhaste tua improvável
[santidade, e provaste da hóstia
e em sal e vinho te ungiram a testa e teus
[lábios rangeram
antigas novenas que tua destroçada fé em
[Deus ainda faz ruminar
quando a hora é tonta e a vertigem é súbita.
Diluíste em bolhas de sabão teu sentimento
mas a vida te arde como um pastel de
[pimentas.
A vida é um espasmo, e estás rouco de tanto
[gritar.
Mas é noite, e te isolaram a giz num
[descampado.

5

Estiveste longo tempo ausente de ti, e tua
        [rudeza fez-se mais profunda.
Os antigos te procuram e a todos mandaste
        [dizer que havias saído para um descanso.
Alguns compreenderam e se foram.
Outros tentaram te consolar e, cônscios da
        [inutilidade, também partiram.
Ficaste em ti, projetando a ausência.
E muitas vezes pensaste se valia a pena o sono.
Mas de olhos fechados a curva do pensamento
                [mais se acentua
e o mundo se concentra, e a verdade é mais
                    [compacta
e há uma dureza de pedra em tudo que se
                    [pensa.

6

(De repente, fui buscar em mim o meu pai:
seus olhos de antigos veres e o seu passo
              [apressado,
e mesmo aquela bengala que sempre pensei
              [ter usado:
a bengala era um sonho ou mera suposição,
        [talvez fragmento de retrato.
Meu pai está noutra casa, nesta aqui vivo eu;
nos separam muitas quadras, minha infância já
              [morreu
e quando morrer meu pai, morro um pouco
            [eu também)

7

(Era um lugar que já não ousava ocupar
        [espaço em teu sentimento:
o muro, o mesmo muro de pedras grandes e
        [cobertas de limbo
longa muralha que eu tantas vezes tentara
        [lembrar onde existira
as tranças de minha irmã, as novenas de dona
        [Conceição
as mangas caídas no quintal, um cheiro de
        [abiu pelos olhos
e um horizonte de manchas verdes e cruzes
        [brancas
e o ferro de passar de dona Adelaide, meu
        [pião de madeira,
o automovelzinho alemão, o revólver de laca,
        [a penca de lápis coloridos
as fantasias de índio herdadas dos irmãos mais
        [velhos.
O sótão da Hermenegildo e o Beco Ocidental
        [reluziam tudo
e tudo se fosforescia, cada canto da memória
        [ganhava um céu de estalactites
e tu permanecendo quieto e a memória se
        [remexendo
na imensa tela de um cinema imensamente
        [vazio;
e tu o único espectador de ti mesmo.
Despertar....
Te contemplas uma vez mais diante do espelho.
As mãos voltaram inúteis, cientes de sua
        [fragilidade →

e o terno não se molhou, e pelas tardes
      [brancas de minha infância –
onde o Morro da Coroa? onde dona Cristina
      [de bata branca
descendo a rua Cândido Mendes? E a Vaca
      [Leiteira de leite espumoso
e o sorvete trazido numa cantimplora de
      [folha-de-flandres,
o negro apregoando que era de coco e da
      [Bahia?
A lágrima galvanizou-se e o pensamento é turvo.
Só tua mãe poderia consolar-te agora, e não
      [sabe).

8

Quero esta exata noite fotografada em meu
      [terno escuro.
Quero estas luas de sangue e o seu poço, e
      [esfregar essa areia na alma, até arder.
E porque os cães cessaram seus latidos
quero esfregar os pêlos de um gato, beijar as
      [palavras e mordê-las
crucificando suas cascas com minha mordedura
      [de dobermann.
Quero fazer um poema tão violento que eu
      [chore
só de me ver nele repassado.
Quero as frinchas secas do meu pensamento
e a palavra amor apunhalada em qualquer
      [muro de pedra ou de cimento.
Quero estremecer meu corpo nestes sais
em que os santos despojaram suas cruzes, →

e procuro entre o mijo e o escarro a exata
        [palavra para construir o poema
e vomitá-lo inteiro –
e em meus olhos vazá-lo como um espeto
desses que transpassam as carniças expostas
              [no açougue.
Ele poema: vômito e escarro.

9

O que pensavas saber disseste-o a todos
e não é mais nenhum segredo que aferiste o
        [rumo num mapa de amor
e que cifraste tua rota num mar de ventos
e que te sacrificaste num congá mágico remindo
        [possíveis culpas
e te cedeste o sangue para inúteis sacrifícios
            [enormes.
E organizaste os bálsamos e lavraste versículos
        [desastrosos na pele dos animais
e ungiste com misteriosa pasta o dorso dos
            [pecadores
e fabricaste sabonetes e óleos com as resinas e
        [os ungüentos
que extraías de tuas entranhas e julgavas
        [miraculosos;
e fecundaste em ti mesmo a certeza ingênua
        [dos arrogantes
a empáfia silenciosa dos prepotentes – e
        [deixaste, astuto,
que se curassem as chagas (ou pensassem
        [que as curavas)

e te julgavas santo e te ornaste com a mitra
    [pontifícia e consagraste a hóstia
enquanto um bando de crédulos imbecis te
    [reverenciava à passagem do cortejo
enganador.

10

Desconfias que a vida acabou há muito tempo
    [mas não tens certeza.
Te entontece o soar dos relógios, enquanto a
    [tarde grifa sua sombra
na amurada dos olhos, borrados de uma
    [poeira cósmica;
e uma chuva ácida te azeda a pele, e falta
    [aquele brilho
que te aureolava, que te propunha um ar
    [santificado para a vida.
Enfim, perdeste a infância e o que de inocência
    [nela havia.
Foste poeta, e o mundo era feito de palavras e
    [imagens
e uma bifurcação de desesperos.
Embora não tivesses pressa, reservaram uma data
e teu lugar no próximo avião está posto
e a mala se inquieta, acomodando as camisas.
Sabes que não adianta colocar gravata e que a
    [vida é um nó na garganta
que cantava e não sabe mais.
Olhas para o lado, e não há ninguém
e te afagas o próprio corpo numa integração
    [de posse
neste colóquio de ti para contigo mesmo. →

E o amor te explode os dentes
e paira numa possibilidade que te encrespa
[a língua.
Desconfias que a vida parou há algum tempo,
[teus olhos ficam turvos
e teu diagnóstico repousa num caderno de notas
onde números e endereços revelam apenas
que estiveste perdido de todos os endereços.

11

Esta vertigem, este grito e o coágulo exposto:
coração carbonizado: onde gravei meu rosto?
Esta morte, este porte e o código desvendado –
o que fiz do meu futuro, onde embrulhei o
[passado?
que textura e que peso terá então o papel?
e qual barbante atará esse emplastro do
[presente?
Aqui a vida parou: nesta máquina de escrever...
É como se sentisse anjos debruçados em mim
claros mas antagônicos.
Asas roçam meu ventre e a vida me dói, mas
[eu continuo.
Não formulei o mundo nem as dores
nem sou o inventor dos impossíveis.

EU-EMBORNAL
CASA-MATOLA, ALBERGUE

POEMA

O que tenho
está por chegar
e embora tarde
há que esperar.
Casto fogo,
branda chuva
gravetos úmidos
não importa
é tudo meu
e sob a camisa
escondo
a casa objeto.

A infância um objeto
que a memória esquadrinha;
dela, apagada lembrança;
rua ladrão medo janela.

O que sou
é terem murado o resultado →

e estas ligaduras
cegando-me os olhos.
O que tinha foi cimentado
e a laje
fincada sobre a memória.

O que sou
é o consentimento
de minhas próprias chagas
e o aberto canto
– casto objeto.

POEMA SIBILANTE

Ando numa solidão feroz
dessas de enfurecer os assassinos
dessas de ensandecer os suicidas
qual fosse, a voar-se, um albatroz

que ao pôr-se aos ventos, após
cismar-se ensimesmado e turvo
faz-se curvas e se arremessa inteiro
e mergulha, que nem pedra, numa foz.

Ando numa solidão veloz
que me crispa os pêlos e às ondas
me faz conhecer um eu encapelado
que se enrola em fios, qual retrós.

Ando numa solidão que, atroz,
esmaga meus nervos e me enturva a vista.
Quem sabe de mim não sabe a dor
que em mim habita, dando nós.

E descasco a avelã, e quebro a noz
num silêncio desses de arrebentar os muros:
e vivo assim, aos urros,
sem que me ouçam os silêncios dessa voz

que berra, uiva, esganiça, desarvora.
A solidão é algo, enfim, que me apavora.

POEMA ILIBIDINOSO

Faz tempo (um tempo que mastiga meus olhos).
Eu queria comprar uma bolsa a tiracolo, dessas
      [que os banqueiros de Wall Street
jamais ousariam comprar.
Seria uma bolsa assim: com muitas fendas,
uma bolsa bem vagabunda que eu pudesse usar
      [a tiracolo e guardar um monte de coisas
e com ela ir-me a um velório ou uma festa,
         [talvez a um ato ecumênico
porque essa bolsa, minha bolsa, a bolsa de
    [meus sonhos, seria também ecumênica.
Há algum tempo (e faz muito pouco tempo
         [ou talvez faça muito tempo)
vi a Fernanda Montenegro usando uns óculos
   [de aros coloridos e as lentes me pareceram
            [também coloridas
e eu, de repente, me quis ver num mundo
           [colorido →

e enxergar o mundo através de lentes
[coloridas
onde todos os sofrimentos ficassem, como
[direi?
não com esse colorido que os tiés-sangue
[ostentam quando caminho pelos
[caminhos do bem-te-vi
nem como os *Couroupitas surinamensis*,
[vulgo abricós-de-macaco,
eles com seus grandes lábios abertos
[despudoradamente,
exibindo o céu da bocarra com ventosas e
[pétalas branco-e-carmim
(como é difícil descrever a beleza de um
[abricó-de-macaco!).
Enfim, eu queria uma bolsa para guardar esses
[pedaços do mundo.
Eu queria também comprar defumadores,
[desses que trazem esperança
e que no refluir de suas fumaças nos fazem
[imaginar que estamos sob um *fog* londrino
provocado pelos efeitos especiais dos filmes
[da Atlântida
efeitos tão especiais porque ridículos,
[magnificamente ridículos.
Eu queria só isso (e talvez um vinho tinto,
[para complementar minha felicidade).
Eis que saio do banco, onde um jovem esperto
[me passou à frente na fila dos idosos
e me olhei diante de um espelho como se
[olham os gansos ou os urubus, ou as
[garças pardas daquele samba. →

Eu, um animal estranho perdido na floresta
               [de asfalto e néon.
Eu me olhei e disse assim, olhando para
             [dentro de mim mesmo:
eu preciso muito de uma bolsa e de uns óculos
                     [coloridos.
Eu, consumidor de utopias, esbarrei no
       [destino a ofertar-me aparentes
            [inutilidades em liquidação.
Por desnecessário, não descrevo a banca onde
            [de um tudo havia:
sonhos a baixo custo, sonhos de valsa, sonhos
                [d'antanhos,
(quando essa palavra ainda não havia virado
                [palavrão).
Não me custou mais do que *cinco real* os óculos
   [de aros e lentes escancaradamente azuis.
E logo adiante tropeço num vendedor de
              [livros usados,
onde uma bolsa seminova e de couro bege
            [me espia sorrateira.
Pergunto e o cara me responde que eram *cinco*
   [*real*, e só me falta agora comprar incensos
e uma jarrinha de cristal para colocar o
     [abricó-de-macaco que tenho às mãos
             [de meu sonho.
Penso assim, caminhando trôpego,
    [desacostumado que estou com
    [óculos de aros e lentes azuis
e com uma bolsa de couro que os banqueiros
   [de Wall Street jamais ousariam usar
e que, por isso mesmo, imagino, talvez sejam
      [tão infelizes, eles com seus laptops
           [armazenando o mundo.

E pago outros *cinco real* por três defumadores
 [que me prometem inebriar os sonhos
e eu sinto uma enorme vontade de urinar na
 [rua (mas não ouso)
E peço ao meu porteiro que providencie um
 [brilho nessa bolsa
que ele comenta *que tem cara de quem foi
 [roubada e atirada pela aí.*
E me esqueci de contar que, antes de tudo
 [isso acontecer (ou prestes a acontecer)
eu me lembrei da voz de Cristina e dos óculos
 [da Fernanda
e, óculos desafiantes e bolsa a tiracolo, chego
 [à minha casa
e acendo meus incensos e bebo do meu tinto
 [vinho
e rogo a Deus que me mantenha assim, feliz,
 [por mais um breve tempo
eu e minha bolsa e meus óculos de aros e
 [lentes coloridas e meu abricó-de-macaco
florescendo no copo antigo de ágate, quase
 [tão antigo quanto eu.

POEMA

É um cansaço absurdo esse que me grassa
um cansaço januário, meio fevereiro
um cansaço de dores tão bem feitas
parecendo bem mais um orquidário

mas de orquídeas roxas e alquebradas
em jarros, por sua vez, estilhaçados.
Uma vida que, enfim, se desintegra
e não diz a que veio, a que veio a fim.

Que atravessou os rios sem saber nadá-los
e lambeu-se das pestes e devorou urtigas
e urinou uma dor que o canal da uretra
de tanto jorrar a dor, ardeu-se em gritos.

É um cansaço absurdo esse que me lambe
as vísceras, o fígado, minha máquina inteira
pondo ferrugem e rugas onde ardor havia
(um ardor próximo, me lembro, da felicidade).

Felicidade, para onde escapuliu essa vadia
que me seduziu uns tempos, e ao depois abril?
Que não me deu tréguas enquanto satisfez-se
de meu corpo, de meus cansaços e dezembros?

Que felicidade breve, tão sem merecimento essa
que habitou a casa, deu-se a própria chave
e nomeou-se dona de tudo aquilo que era meu
para ao depois destituir-se de mim, pondo-me
                                                          [agosto?

E fico desautônomo a escavar meu ninho
feito uma tarântula atormentada, posta no cio
mas no cio tecido em ramas de setembro
(quando irá se libertar de mim nesse tormento?).

POEMA

Eu durmo com as onças e os cavalos
e é um sono torto e incongruente.
Sonho com rabos e chifres, eu sonho com
                              [dormentes
me atravessando trens de angústia e compaixão.
É como eu durmo:
cheio de crinas, unhas, fantasmas impertinentes.
Eu durmo como dormem os dementes
com onças e cavalos me galopando à noite.

POEMA

Eu sou uma pessoa
a quem o diabo pôs triste:
e espalhou seus pós
e atiçou seus ventos
e escavucou abismos;
eu sou uma pessoa
a quem o diabo se afeiçoou
e me deu seu capuz
e me fez estilhaços
e inventou uma viela
sem nenhuma saída.
Eu sou a face que Deus não enxugou
                [devidamente
eu sou a face que o cachorro lambeu e salivou
e a saliva cresceu e daí nasceu um mar e esse
                             [mar afoga
no que me afoga o diabo aparece em cruzes
oferecendo salvação.
Que diabo é esse que me assanha o corpo →

e me arranha a pele mais tênue da alma?
Que diabo é esse que me lambe as vísceras
e sabe de meus olhos nacarados
e me chama por um nome que eu não tenho?
Beijo sua face no espelho
E o diabo ri suavemente da fogueira que
                      [armou sob meus pés.

POEMA

Tem dias que amanheço
o olho pardo e sofrido;
e uma fome mastigando
as várzeas onde me habito.
Golpeio meu próprio corpo
que nem um galo na rinha
e que tira do outro galo
uma lasca insubstituível.

Tem dias que empardeço
e a tarde é um sacrifício:
por dentro de mim escurece
e não me domo, sozinho.
E repasso minhas coxas
e as aliso e me lixo
e do corpo extraio um sumo
e oficio a santa missa.

Tem noites em que eu clareio
e a vida toda alumio: →

e me desfaço das teias
que as aranhas construíram.
Desamarro o prisioneiro
que dentro de mim havia
e de bruços vou ao pote
que me sacia, e o sacio.

POEMA DO CONTRADIGO

Metade de mim é ego
e a outra metade, muda.
De um lado, parede cega
de outro, hera no muro.

Metade de mim esconde
o que a outra metade vê
uma se caga de medo
a outra bota pra foder.

Uma só diz palavrão
e a outra, padre-nosso.
Se uma tem fogo nas ventas
a outra se mói de remorso.

Metade de uma é falaz
e a outra se faz de surda
uma de tudo é capaz
e a outra, caramuja.

Aranha-caranguejeira,
uma se esconde entre espinhos
a outra, feito vieira,
se abriga em concha e arminho.

METADES

Metade feita de açúcar
a outra metade, a que azeda:
um amanhece em bom-dia
o outro desperta na merda.

E se um é gravatá
o outro sente-se musgo,
um relustra a limpeza
o outro mói-se de sujo.

Se um canta, o outro cala
se um fala, o outro surda
e paira no ar um ameaço
de escândalo e infortúnio.

Mas seguem as paralelas
um vivendo no outro:
vão no fundo é carregando
lixo, remorso, entulho.

METADES II

Metade de mim é égua
a outra, cavalo-marinho
as duas metades se roçam
num desprazer doentio.

Uma é presa em Alcatraz
a outra, em Carandiru
uma só diz: vai à merda
a outra: vai tomar no cu.

Uma se faz capataz
a outra, um servo gentil
que incendeia seu terço
e se masturba no cio.

São ambas muito falazes
exibem mil cicatrizes
e atuam nos cadafalsos
quais atrizes-meretrizes.

Aranhas-caranguejeiras
dos urubus as carniças
vão devorando-lhe as beiras
entre areias movediças.

À sombra das caramboleiras
depois se interdevoram
lambendo-se os grandes lábios
em sobremesa nervosa.

Aranhas-caranguejeiras
metade delas são éguas
a outra metade, espinhos.

POEMA

Metade sabre de ouro
minha palavra semeia
o cerne de tua carne
irmão/irmã nessa lavra
que me consome inteiro.

Haver sido temperado
pelas mãos de um funileiro
fez-me mais doce o aço
e, no que mato, pranteio
vendo afundar-te a carne
meu punhal bem temperado –
no que te mato, me mato.

Posto que quer ser temperado
a que nem água cortasse
mal cumpri o destinado:
cortei água e muita carne
ofendi tanta batalha ➔

irmão/irmã nessa lavra
tanto fogo consumi
tanta ardência de amor
cortei com este punhal.

Metade asa de anjo
o resto escarpa de ouro
o que a metade completa
não vale ter por tesouro.
Nos olhos dois carvões
se desmanchando em cinzas
fincados pontiagudos
no sentimento oficina.

Minha palavra rasteja
intentando ser semente
e brotar em outra forma qualquer
nunca a presente.
E tal aço desgastar-se
no podar somente cravos
e dessa batalha perder
toda e qualquer memória,
irmão/irmã nessa lavra.
E descontar esta história.

POEMA

A lâmina de minha faca
não é de aço, é de asa
de um pássaro empalhado:
golpeia ar e fumaça
e risca seus traços n'água
e o estômago de azeite
de um inimigo no escuro,
percebendo, ela perpassa.

Feito áspera palavra
minha faca é usada
no condomínio do tédio
onde habita em silêncio
feito um monge anavalhado
em sua face de pedra.

A lâmina de minha faca
tem a plumagem da garça
que na linhagem do vôo →

se distingue de sua garra
e no alambique das luas
se embriaga alucinada
e vai golpeando as outras
aves que, enfunadas,
se limam por sobre as nuvens.

E a minha palavra-faca
penetra fundo na carne
(e a carne suspira breve
no golpear-se da faca).

FADO II

Sou mais castiço que os fados
que escorrem das pedrarias
da velha Alfama medrada.
Medrada, só que de noite:
nas manhãs, despudorada,
se mostra noiva e vadia
entre florões e sacadas.
Estou reteso nas cordas
das guitarras seculares
que ao peito dos moços tocam
suas vozes desgarradas;
e ao que pareçam fora
é nas regiões do peito
que ressoam seus cantos
que se cruzam aos contracantos
d'outra viola perdida.
No que tocam, vejo Amália
a chegar-se em seus mistérios
e nos xales que a cobrem →

ou pensam poder cobri-la.
Um cheiro de Mouraria
salta louco de sua boca:
vejo-a ferir-se nas lágrimas
de sangue que vêm beijar-lhe
a face que já provou
de todos os salamargos,
do sangue que vem tocar-lhe
as mãos feitas das penas
(as muitas que há passado).
E ela desfaz-se em fados
e despetala-se em prantos
que as grades dos seus olhos
com pudor, retém-os presos.
Há um val que muito mais vale
e é donde vai desaguá-los:
é um fado cujo fado
é jamais poder cantá-lo.

PARTO DOLOROSO

Pari meus filhos ao avesso
das outras mães que simplesmente os expeliram
                      [com a placenta
e não as guardaram como os guardei em meu
                      [útero de homem
e a devolvi, essa placenta gosmenta e gelatinosa,
                      [às minhas entranhas.
E hoje é como se fora uma outra pele que, se
            [agregando aos meus músculos internos,
formasse, enfim, uma sobrepele que um suor
        [nitrogenado retivesse e nunca expelisse,
uma trama de chips e componentes cósmicos
                [a mantê-los sob permanente vigia.
Meus filhos, sangue de meu exangue.
Não os gerei como as galinhas que os hibernam
                    [em chocadeiras mecânicas:
espreitei o ovo, a primeira bicada na casca,
                        [extraí meus farelos
e os abriguei sob minhas penas, aqueci-os
                      [sob minha asa, →

eu os guardei, esses meus filhos, para a vida
    [inteira dentro de mim, intestinais.
E os certifico, a cada parto, com nome e
    [sobrenome
dando-lhes identidade, filiação, sugerindo-lhes
    [destino, expedindo-lhes passaporte,
mas drenando permanentemente para meu
    [sangue as suas lágrimas.
O espectro do medo (e é um pavor insano)
me faz tutelá-los à distância sob um invisível
    [abrigo, desses que se cavam na terra
à prova dos ataques nucleares, de comandos
    [suicidas.
Faço-os dormir, esses meus filhos, presos sob
    [minhas presas de coiote
sob as luas que moldei e os acalantos que
    [compus e os perigos que incinerei
enquanto homens guerreiam e expelem
    [gases venenosos de seus úteros podres
e silvam as balas, sucedem-se estrondos
    [e armam-se emboscadas.
Protejo-os, esses meus filhos sob o manto
    [de um alcorão por mim grafado com
    [as gotas da placenta
que se espargiram pelo meu corpo quando me
    [fiz grávido.
Eles, células-mater de meu processo de
    [reinvenção,
iluminando as entranhas das cavernas onde os
    [protejo feito um talibã.

CADAFALSO

São degraus que percorro lentamente
já sabendo o final da caminhada:
meu corpo se conduz sozinho,
olhos vendados, a multidão esvaindo-se,
                            [desvairada,
entre a dor e o gozo, o riso e o espasmo.
Já me espera o algoz encapuzado
e a corda com o nó górdio preparada.
É o mesmo cenário e o desfecho escrito
em hieroglifos nas tábuas e rochedos:
é sempre a corda e o tambor rufando
e em cada falso olhar de piedade um cadafalso
o chute na cadeira, o pêndulo estrebuchando
e eu fatiado em postas na salmoura
as vísceras abertas aos urubus famintos.

POEMA

Estrangeiro em meu próprio sentimento
traço a rota do poema. Roto o mapa, frágil o
                              [barco.
Fede-me a vida como um vaso sanitário aberto.
Rastejo nas palavras, elas têm gosmas e garras –
e em cada uma esbarro, como reconstruir o
                              [mundo?
E quero bem pouco: apenas o além e o
                              [inalcançável
o que não estiver às mãos, o imponderável
e tudo que for improvável e reprovável
tudo que for de vidro e eu possa quebrar –
tudo que eu possa, numa só porrada,
destruir perante o espelho.
Tenho a lucidez dos loucos espiados através
                              [das grades:
meus sentidos, minhas intuições, meus
                              [sentimentos
e mais do que meus sentimentos, meus
                              [ressentimentos – →

isso tudo embolo num travesseiro imundo
que me vela a insônia contínua, atordoada
entrecortada de zumbidos de moscas rentes
                  [aos meus ouvidos,
de gatos argüindo meu ventre
e trapézios de cordas puídas, e onde vou me
                  [exibir.
Olho minha carteira de identidade: não sou
                  [aquele
que a data, a filiação, a pátria e os poderes
                  [tentam identificar.
Falo uma linguagem inacessível, minhas unhas
                  [estão sujas de muros
que tentei saltar.
Estou submerso, e meu tecido vai sendo pasto
                  [para os caranguejos,
e meus olhos vão sendo pouco a pouco vazados,
e minhas vacilações, meus gritos, meus
                  [desmaios –
se tornam irreconhecíveis nessa mutilação.
Peixes lambem minha identidade
e nesse desvario me cedo por inteiro,
e deito sobre sarças – tudo está escuro.

SABER

O que eu não soube
ou não tive coragem de enfrentar saber
ou minimamente tentar querer saber,
e tudo que em mim era subterrâneo, túneis,
                           [portas, tramelas
frinchas pelas quais eu via o mundo com a
                           [opacidade dos vesgos, dos míopes;
o que eu não pude (por negar-me ao espelho)
                           [enfrentar
ou não tive sequer a possibilidade de ousar
                           [poder abrir o cofre
mesmo conhecendo-lhe o segredo
ou por ter medo de tudo que, trancafiado em
                           [mim, se desvendaria aos outros.
E o que idiotizei uterinamente por inépcia,
                           [incúria ou loucura
ou que feito craca ao meu casco agregou-se,
                           [fazendo lastro no barco
e submetendo-me ao perigo do naufrágio. →

E o que não quis
não por não querer, menos por inapetência do
                       [que por outro sentimento
que agora, exatamente agora, não consigo
                       [decifrar;
ou por não querer me lanhar as costas sob a
                       [chibata espúria da hipocrisia
e nem retirar a máscara da face em meio ao
                       [baile –
a quem, enfim,
senão a mim, importaria saber?, se basta-me
                       [não saber.

CATAPLASMA

Deu-se num tempo em que eu amava os homens
pelo que, então, em dons se constituíam:
não roubavam nem mentiam e entre si
　　　　　[praticavam bonomias
e ficavam horas à mesa discutindo
　　　　　　　[trivialidades
e todas as suas intenções não guardavam
　　　　　[segundas ou terceiras intenções.
Deu-se tal amor num tempo em que minha
　　　　　[esperança recendia a jasmineiro
e nada me ofendia e nem eu sabia ainda as
　　　　　[regras de como transgredir as regras
e tinha, como se vê, a tal inocência
preservada entre pipas e bolas de gude e jogo
　　　　　　　[de amarelinha.
E, pensando bem agora, acho até que esse
　　[tempo eu o inventei para consumo próprio
porque uma vez, ainda menino, um homem
　　[me pagava balas e sob minha blusa escolar →

acariciava meus mamilos, enquanto me contava
    [histórias que eu não sabia entender
porque era uma época em que eu ainda não
    [tinha a chamada acuidade
para discernir o que era o bem ou o mal, o que
    [era bom ou ruim
e meu sistema cognitivo ainda navegava entre
    [a percepção intuitiva
e as memórias que estavam por se construir;
e porque nada existia além daquele muro
onde um cheiro de abiu e carambola
    [aguçava meu palato
e era também, é bom lembrar, o tempo da
    [desconstrução da minha confusa virgindade.
Feito um carcinoma, foi-lhes, aos homens,
    [corroendo a alma
esse cancro de malícias envolto no papel
    [crepom da hipocrisia;
feito um visgo venenoso, um plasma, uma
    [qualquer matéria corrosiva
foi-se-lhes infiltrando no sistema sangüíneo o
    [linfoma da malícia
como um líquen pestilento formado por
    [microorganismos
infiltrados por fungos e bactérias com células
    [cancerígenas.
E, assim expostas ao tempo, as máscaras foram
    [se decompondo
e às peles flácidas da alma
foram se incorporando dobraduras feitas de
    [um látex de qualidade duvidosa
que à face inicial dos homens que os julgava
    [amar cobriu-as de um espanto – →

e um horror, enfim, forneceu-se epílogo:
[diante dos espelhos viam-se belos
e enxergavam-se como elfos, efebos exuberantes
sem repararem, enfim, que estavam cegos.

POEMA

Daqui em diante, nenhuma posse.
Estão delineados todos os caminhos.
E o que me resta? Exílio.

Resta esta noite oblíqua e sem espaço
e a nódoa nas mãos inalteradas
e o rumo incerto, a vaga data
e em tudo isto? Nada.

Haverá outro instante igual a este
quando olharei em torno, atormentado,
e o meu tenso corpo vagará aceso
natimorto em seu cansaço.

E ao depois de haver se posto
em tão doída labareda
o que arderá senão as vísceras dessa miséria
                                          [tonta?

A náusea não arde em têmperas, é o que consola
e a infância se vomita inteira;
mas a secreção de tudo permanecerá
qual o ranço do álcool depois do porre
e a secreta bílis
na alvarenga planície do remorso.

Remoeremos toda a infância
E nos perguntaremos tontos:
...
e não se responderá.

Esbarras sempre nesse relógio parado
nessa porta eternamente trancada
nestes muros de vidro.
O que solucionaste?

Secretaste tanto teus sentimentos
que já os diluíste pelos veios da mostarda
de teu corpo escamado. Nada mais te perguntas.

Onde a próxima parada?
Há pouco expeliram de ti todos os alcoóis
mas teu desespero permanece intacto.

Preso à tua construção calcária
vislumbras o fundo do poço
onde repousaria teu corpo
e a tua alma, um fosso.

Ao longe, teu reflexo
no fátuo fogo que fulge além do campo branco.
E te abraças, poeta. Estás sozinho.

SENHORA DONA DO TEMPO

Senhora Dona do Tempo
careceu dar-me visita
e nomeou personagem
e nele se incorporou
e, com ele, seu andrajo:
roupa que há muito habitava
olfato, sonho, palato
e endereço que a vida
jamais o perdeu de vista.
E maquiou suas rugas
untou de esmalte os olhos
e, de batom, unhas sujas.
As estrias e varizes
arfavam pelo seu rosto.
Armei um circo de lona
com toda a parafernália
ardilei mil alquimias
vesti o melhor disfarce
e espalhei fantasias ➔

pelos canteiros da casa
(Dona do Tempo, a Senhora
espantou-se com a fartura).
Nos lençóis de linho, do hoje,
arfei gemidos de ontem
quando o posseiro aviltava
as terras que invadira
por entre uivos e espasmos.
O catre que abrigava
nossos gozos e espantos
era coberto de amianto
com portas que mal fechavam.

E as roupas logo vestiam
a nudez envergonhada.
À Dona do Tempo, Senhora,
pedi que me decifrasse
a mensagem que trazia
no pergaminho da pele
pois eu ornara essa casa,
de tão frágil construção,
com minhas louças mais caras
e meus verdes espalhara
nos cristais, os mais antigos,
para que a Velha Senhora
do Tempo se acomodasse.
Dona Senhora não trouxe
na sua esperada algibeira
presentes que eu ansiava
qualquer dia receber.
Que doces? eles mofaram.
E as fotos? amareleceram.
As palavras guarnecidas →

de artifícios e mágoas
lembravam o desnecessário
e o bolor se acentuava.
Me perguntei: emboscada?
À vida faço perguntas
e ela responde? Nada.

A velha Dona do Tempo
veio plantar-me, apenas,
em meus quintais assombrados,
as sementes ressequidas
de um passado mastigado
cheirando a tempo perdido
e a um sonho amarfalhado.

Me pergunto, tonto e pasmo –
por que me corteja esse Tempo
de que a Dona é Senhora?
Por que me passam os filmes
com tantos caixões abertos?
Em qual espaço de tempo
veleja meu corpo agora?
Me explique essa Senhora
por que me traz essa areia
que em sua ampulheta escorre
que nem fosse uma navalha?
Me diga essa tal Senhora
por que me vi refletido
no espelho de sua bolsa?
Serei eu cópia daquele
que ao outro incomoda?
Terei estrias na alma
e varizes no meu beijo? →

E por que meus filamentos
os suga, e os meus excrementos expõe
na vitrine de meus olhos?
Que avisos ela me traz,
tão poderosa Senhora?
que meu tempo já se extingue?
ou que não sou mais dono dele?
E esse cortejo na porta
qual o seu significado?

ALTO RETRATO

O espelho não nega o que da imagem fui:
às rugas da alma anexaram-se as decomposições
        [graduais de meu corpo.
Os sinais marrons indicam a senilidade próxima
e a espinha dorsal não agüenta a carcaça
        [podre que carrega.
E em tudo há sintomas degenerativos: na
        [oleosidade da pele
na caspa tênue que teima transformar-se em
        [nevasca
na visão que dá sinais de fragilidade diante
        [da tela
(eu que já me acostumei à digitação nesse
        [teclado cheio de códigos
que agem num silêncio quase tenebroso,
        [oposto à da velha Remington
cuja saudade age em mim de forma
[desconfortável, porque odeio nostalgias
embora faça constantes odes a um passado
        [que me atolou na merda →

e que tento exorcizar, execrando-o no meu
                    [olhar posto no novo
ou no aparentemente novo que todo dia a
                    [mim se apresenta
em fantasias farfalhantes).
Não estou velho: fiquei velho de repente, e o
                    [espelho não contradiz
o que na escamosidade da pele se nota, no
                    [que o sorriso não disfarça
no que se esconde nas dobras do travesseiro,
                    [quando a insônia se apresenta
e os comprimidos agem, me atormentando
                    [o sono.

POEMA

("– Onde?
– Na Callejon de la amargura.")

Existo nessa rua
marcado a piche no muro
lancetado na calçada.
Ardo em forma de peixe
ardo riscado a giz
ardo vivo ou defunto
e mais que eu morra,
mais ardo do fundo de minha raiz.
Ardo roxo e cinzento
nos números de suas casas
fazendo ser meu ofício
o sofrer, lento e lasso.
Ardo nem fora chama
no farol de sua carne
e mais beijando o rosto
mais eu morro assustado
trazendo cinzas do beijo
na saliva prateada ➔

e mais eu beije esse beijo
sinto a boca desfibrada
sentindo na minha morte
a agonia de um gato.
E no que eu morro, me mato
sabendo o gosto da morte
na fibra do ouro punhal,
e mais que eu amo, mais ardo
e mais que arda, é fatal
saber-me mais desamado.

Eis que se move nas cinzas
meu corpo carbonizado.
Movê-lo não há quem possa
posto se dissipará
entre as forquilhas do vento
que bem longe o levará
até que a boca da noite
o sugue em seu temporal.
Urge salvá-lo depressa
e arrastá-lo na Calle
até que sintam seu cheiro
cheiro corpo cata-vento
ardendo por entre orquídeas
fedendo entre begônias
bifurcadas na amurada.

No que existo eu vivo
nessa rua deflagrado.
Marcado a cinza e estanho
na borra pulverizado.
Ali desde antigamente:
exposto em seu calçamento →

como se fora uma lápide,
na lamparina de azeite
junto aos santos apinhados
no oratório e na reza
na moldura do retrato.
(Também no que morro
continuo incorporado.)
Estou no verde e nos brancos
nos lampiões e teares
estou nos olhos possessos
e nos corpos fadigados,
estou no ventre das virgens
na cara dos namorados
e no vermelho do sangue
que escorre de seus pesares
e na rosa estilhaçada
morrendo em mãos apertadas.
Entre os mortos e os vivos
choro penas e cantares
a pensar se esta faca
me afaga ou se me mata
a sentir seu aço frio
perscrutando-me a carne
bebendo o gosto da morte
noutra boca ensangüentada.

Existo nessa rua
marcado a ferro nas caras
e um X nos olhos
a morrerem vendados.

Eis que me cubro de lua
a rolar em teu cimento →

ó Calle de la amargura:
me retiveste aceso
no morrer de tuas tardes.

REQUIESCAT IN PACE

Aqui jaz
a empáfia e o orgulho
o ouro acumulado
a inútil riqueza.
Aqui jaz
também a beleza
que o tempo destruiu
e o comentário ferino
a mentira deslavada
o desejo que ruiu
o perjúrio que o destino
consagrou como verdade.
Ficou na biografia,
reduzida na lápide,
um nome apenas
e apenas duas datas.
O resto, os bichos irão comer
(menos os anéis de ouro, os brilhantes e a
[fortuna que será roubada pelos parentes). →

Mas o resto, o resto irá compor o lençol freático,
[nauseabundo,
a infernizar nossas entranhas, ad eternum.

O CASTELO ANTROPOFÁGICO
A COMILANÇA LITÚRGICO-PANTAGRUÉLICA

POEMA INFORMAL E MUITO MUITO LÍRICO

Dessa pessoa eu amo
toda a sua construção:
da raiz de seu sapato
à manhã de seus cabelos,
sua pálida palavra,
seu gesto e contemplação;
a coxa de cogumelos
e o braço de ramarias
espatódeas e azaléias
barrando ventos do Sul;
a boca dizendo beijos
e a chuva de seu costado
escorrendo em suas telhas
pela esquadria do corpo
ramalhoso, granulado,
e todo seu sentimento
infenso ao meu estro lírico
e a sarabanda dos passos
se perdendo, intocável, →

pelos desvãos dessa rua
(fosse minha, ladrilhava
de brilhantes essa rua).

Dessa pessoa eu amo
a manta de vaga-lumes
e o luzeiro derramado
no caçuá de seus olhos
e a poeira de nuvem
que espalha, quando se move,
e a cava de seu umbigo
(túnel de luz avessa)
e a linha de seu nariz
traçando o meridiano:
ao norte indicando chuvas,
ao sul antevendo raios,
rosa-dos-ventos fanada
a mim não prevendo nada.

Mastigaria os olhos
dessa pessoa que amo
e as palavras que não diz
daria, para escutá-las,
minhas platinas, estanhos,
meus ouros e meus guardados.
Me ordenasse, lamberia
a soleira do sapato,
os seus botões pregaria,
cumpriria seus mandados.

A essa pessoa que amo
lhe daria meus rebanhos
e meu revólver de laca →

minha caixa de Pandora
e meu trenzinho de ferro
e um arlequim desbotado
(e quem me deu foi Eneida)
e meus bichinhos de seda
que ocultei num chaparral.

Eu amo, dessa pessoa,
toda a nobre construção
a alvenaria travessa
espalhada pelo corpo
suas telhas portuguesas
ornando as frestas da pele
os girassóis espalhados
na clareira do sorriso
e na borra da saliva
de sua boca de sol
e a infusão de sortilégios
em seus cabelos de cobre
que deságuam cacheados
que nem paineiras e ipês
em suas eiras e beiras
por entre seus lambrequins
e a espessa trama de heras
acolchoando seus muros.

O que não amo, pergunto,
dessa pessoa? responda.
Se lhe louvo a construção
terreiro, tijolo, alpendre
camarinha, ripa, caibro,
seus macadames e ferros.
Se louvo janela da frente →

e a porta que há detrás
alpendre, cor das sanefas,
forro, assoalho, entretela,
caliça, ardósia, estrepe.
Se até os louva-a-deus
os louvo em sua vigília?
Se Pai, Mãe e Família
não os canso de honrar?
Louvado seja quem amo
mas que não me soube louvar.

LOCOS

Tua beleza me engasga
pareces um javali
e quanto mais me adulas
mais me amedronto de ti.

E é beleza perigosa
semelhante à de um jaguar
que sob os pêlos sedosos
me espreita a jugular.

És lhama que no escuro
equaciona o ardil
mas bem te olhando pareces
um traiçoeiro mandril.

De viés espreito essa curva
que me embriaga e faz mal
te bico a ponta do peito
te sangro feito um calau.

Tens a beleza do gato
que mia na escuridão
ou a de um galo nervoso
que afia o esporão.

E feito lontra assassina
espreitas o vil banquete
te unges de manzanilla
e armas o molinete.

E sou tua presa fácil
e me enrodilho no anzol
caçonete estraçalhado
posto em salmoura ao sol.

Com teus dentes prateados
me desfibras com malícia
tubarão esfomeado
ostentas sensaboria

como se a cartilagem
do meu corpo te unhasse
e ao teu palato nervoso
meu sangue se azinhavrasse.

Me causa gula o teu cheiro
de coentro, suor e curau
e minha língua passeia
em tua crosta, lacrau.

E te vejo assaltante
fugido de Alcatraz
que sob a pele do anjo
oculta teu Satanás.

Te unto a carne fibrosa
com noz-moscada e mel
e espreito tua cara
emporcalhada de fel.

A cicuta, em nossas línguas,
baila a dança das serpentes
e somos dois assassinos
que se devoram, dementes.

MORANGOS QUASE SILVESTRES

Os morangos
lembro que os morangos
lembro-os bem: pareciam mangas, que pareciam
[bagos
e que os bagos
pareciam frutas-de-conde;

e os condes usavam os badulaques
inerentes ao império que representavam:
roupas com tufos de renda
e penduricalhos que pareciam bagos
(bagos de mangas, já maduras).
Eram falsos condes, estilizados
com vidas pré-datadas.

E nesse desfile alegórico
Lambo as lembranças daquele tempo
Umedecendo-as com a língua
que saboreia o palato da baba que escorre
[das mangas →

Dos condes, das cascatas de frutas
Que ornamentam os carros alegóricos
E dos morangos quase silvestres.

POEMA

À flor da pele se passam
ousadias incontidas:
línguas trêfegas, ásperas
por sobre o asfalto poroso.
E os dedos-bisturis
vão penetrando, indecentes,
as entranhas mais vadias.
E são beijos pegajosos
desses de quase dar visgo
cacarejando gemidos
por entre lençóis e fronhas.
E os dedos, que nem pedra-pomes,
à sobrepele relincham
criando uma tal vertigem
como se entre unha e cutícula
se escavasse um abismo
e o desejo se infiltrasse
como se infiltram os vírus
nas crateras da mucosa. →

E à flor da língua espoucam
os desejos mais felinos:
são gatos e seus miados
e ratazanas nervosas
que entre espasmos miasmas
à flor das unhas passeiam
as suas patas viscosas
gravando por sobre o corpo
arranhaduras gravosas
que pontuam a dor do gozo
que extrapola dos poros
e gotejam quase ardidas
a manchar os travesseiros
de uma gosma que não seca.
E o amor sofre a ressaca:
reage, ruge, ronrona
e contra-ataca, catártico,
abafando seus gemidos,
afogando-se em silêncios,
jogando-se em precipícios.
E os dentes fricativos
Armam-se em lanças, tridentes
para rubricar o corpo
com manchas arroxeadas
na gramatura da pele.
E o amor, já pouco oloroso,
recoberto de tal fúria
recende a jasmim do campo
e expele, enfim, o seu gozo.

EXERCÍCIOS

I

Hoje pensei em você com minhas mãos
E, nessa vertigem,
Minhas torres desabaram.
Quem me viu coberto de fuligem
Sabe por onde minhas mãos sonharam.

II

Minhas mãos pensaram ontem em você
E desabaram frenéticas
Como as torres gêmeas, envoltas em pó.

III

Ontem minhas mãos te pensaram
E em gestos de balé
Dançaram o Lago dos Cisnes, brancos.

IV

Che gelida manina
Ouviu-se dizer dos lábios trêmulos
Enquanto esvaia-se o vinho branco.

V

As mãos extraem da casca do sorvete
O marshmallow que escorre pelo vinco da calça.

LITURGIA

Quero te abraçar ao alho e óleo
e beber nos teus olhos meu champanhe;
e untar de azeite as tuas postas
sem pedir mais nada que acompanhe

esse prato oloroso que me olha
querendo-se em páprica, arder-me a língua:
e harpejo as espinhas, você linguado,
eu pescador das pérolas que abrigas

por entre os dentes, esses que desfilam
cobertos por resina muito e muito branca
feita de clara, de um claro deslumbrante
e guardo tuas gemas, e afago tuas ancas.

E faço de teu corpo meu fetiche
e Salvo os Reis, desfaço-me em Folias
me paramento em ouro e te batizo
e esparjo água benta com algaravia.

(Há quem veja Santa Missa nessa liturgia
que eu, Pantagruel, celebro a cada passo:
são sete os passos dessa paixão intensa
que aos poucos me conduz ao cadafalso.)

MERENGUE

Gosto de argüir o garfo que me espeta
e apurar o gosto do prato que me come.
É o cardápio, explico, quem devora
a mim e a minha fome, e é o vinho quem
                              [me bebe.
Dele apenas sou a taça, instrumento
Sou a pombajira da gira que nos rege.
Por isso me preparo à tua boca:
que me sacie em aipos e alecrins
e me macero em salsa e manjerona
e ardo-me em malaguetas (essas carmins
que eu plantei para te arder as sombras
e mastigar-me às sombras, lambendo-me as
                                  [sobras).
E então me imagino, forno, ardendo-te a língua
sabendo-me a porção exata dos temperos
e te examino a lâmina, a têmpera
da fornalha, o grau da temperatura térmica
                                [do forno. →

Sabe-se do amor que é uma ciência
escrota, fugaz e inexata.
Amar é arte que requer muita imprudência
é jogar-se ao precipício sem medir fundura
é como praticar o lícito com indecência.
O amor, enfim, é a ciência das ciências
onde a regra é o exercício permanente
de ignorar-se as regras e tatear no escuro.

POEMA DO ACONCHEGO 1

Quando encostas em mim
és tal qual um carrapicho
desses que não desgrudam
da tenra pele do bicho.

És qual e tal uma cobra
dessas fatais, cascavéis
(as tais que, muito viscosas,
armam bote aos nossos pés).

Quando tu grudas em mim
aderes que nem ferrugem
e o teu marrom entristece
o campo de minha penugem.

E eu te trato feito um gato
que aos outros lambe a carcaça
e conheço o teu unheiro
e o quanto ardilas trapaça.

Gato, ferrugem, cobra
me fazes de longe um aceno
mas já conheço de sobra
teu desempenho obsceno.

POEMA DO ACONCHEGO 2

Quando tu grudas em mim
soltas um visgo
e a tua língua se acende
para meu vício.

E bebemos champanhe
na mesma taça
qual cascavéis
que se entrelaçam.

E soltas teu papagaio
na minha encosta
e não mais desatas de mim
a rabiola
e feito um cata-vento
ao vento te amarfalhas
e juntas o teu veneno
às minhas tralhas.

Ah minha tâmara azeda
ah meu ópio mais puro
ah meu mais doce curare
que sorvo no escuro
tua navalha esparrama
na pele uma palavra:
de uma ela é feitor
e da outra é escrava.

E te esmerilho o casco
e rôo tua ferrugem
e vai aos poucos nascendo
outra penugem.
E pelo céu flutuamos
entre berros e gritos
como dois focos de luz:
    meteoritos.

POEMA

Se de fato me comeste
onde o garfo, onde a faca
e o guardanapo onde limpaste
a lambança que o amor, por costumeiro, faz?
Se de fato me comeste
de que forma? Me diz, saboreaste
o cardápio que julgo ter servido insosso e
[requentado? e,
se mal pergunto, perdão! por onde andaram
[as bocas?

O que me perturba (e falo eu, repasto)
é não lembrar-me se houve sobremesa
e, ao depois dela, algum afago
um mínimo que a lembrança retivesse, inda
[que amarga.
E se a lembrança te queima feito uma lagarta
[verde –
lembra, ao menos, se houve um conhaque
[ou mesmo um café frio →

e que marcas deixei nas sobras de teu prato
se fui servido quente, se fui comido frio
E onde guardaste, enfim, o guardanapo.

POEMA

Sou o molho pardo
castanho azedo amarfanhado
de uma galinha que foi triturada
por um lobo mau cheio de garras.
(A galinha põe seus ovos enquanto o lobo afia
                 [os dentes pontiagudos;
e a avó costura, desatenta, uma bainha
                 [desalinhavada
  que tudo era desalinhavado ali:
da neve à porta, amontoada,
às cinzas da lareira, não recolhidas.)

E fica faltando uma história
ou um enredo para essa história
enquanto a galinha põe seus ovos, o lobo afia
                 [os dentes e a avó, enfim, alinhava.
Falta, quem sabe? redesenhar a tal avó
tão amarfanhada e azeda quanto o molho
que, pardo, me serve agora de repasto.

(Enquanto isso, a galinha já não põe seus
 [ovos, o lobo afia, a avó alinhava etc.)

No caldeirão o azeite ferve, e o azeite não é doce
mas vai atenuar o gosto do pardo molho da
          [antevéspera onde a galinha ciscava
indiferente ao destino que lhe guardavam.
O que era galinha de há pouco,
sirvo-a ao molho – e pardo.

(Enquanto isso, o lobo artimanha, a avó
 [desalinhava, a galinha já não cacareja.)

Enquanto não se põe fim à velha história
a do caldo, a dos rescaldos, a do fim e do
                    [princípio do tudo
o desalinhavo da vida, os dentes agora cariados
                    [do lobo desdentado
da avó cacarejante, da galinha que ciscava,
          [inútil, sem pressentir-se pasto –
que faço eu, então, do meu enfado?

CENA DRAMÁTICA PARA UM FILME BRASILEIRO

Alcaparras e brioches
sirvo-me à tua mesa:
me comes de um só golpe
e, ao depois, sobremesa

e vem um pudim cremoso
e um café ao conhaque
puxas uma cigarrilha
com um olhar de mandrake.

E com esse teu olho mágico
assentas bem a cartola
e me embaralhas bem rápido:
sou tua dama de copas.

E feito um galo de rinha
me derrubas no poleiro
me arrancas o sutiã
rolamos no galinheiro.

Me chamas de lambisgóia
respondo que és safado
me dás um tapa, é a glória
te chuto o traseiro e o saco.

E feito um bom marinheiro
vais direto pro beliche
ajeito o teu travesseiro
e o acolchôo de haxixe.

E atropelo teu sonho
e me instalo em pesadelo
perguntando-me, insone:
devo ou não devo comê-lo?

POEMETO SAFARDANA

E me julgando donzela
me pediste em casamento
e tal qual uma cadela
logo fiz um juramento:
o de abanar-te a cauda
tão logo à casa chegasses
e te cobrir de carícias
até que o amor se findasse.
E gostaste pra chuchu
Dizendo toujours l'amour.

Me deste anel prateado
com o teu nome gravado
me guarneceste de prendas
E me cobriste de rendas
E te foste à minha casa
dizendo: quem casa quer casa.

Prometeste um sobrenome
E ao nosso filho, teu nome. →

Cortinas em tafetá
numa casa em Paquetá
com muitos pés de romã
dezenas de flamboyants
e uma ida ao Bexiga
pra me entupir a barriga
mas me foste à Barra Funda
me dando com o pé na bunda
e te chamei de grosseiro
cafajeste e trapaceiro
e me chamaste de puta
e, enfim, nessa disputa
esbanjamos nossos desejos
por entre tapas e beijos
e depois te penteaste
e um cacho então me deixaste
e hoje aliso teus cabelos
como se fossem pentelhos
e torço pra que fiques broxa
diante de cada cabrocha
pra quem ardilas tramóia
seu cara de lambisgóia.

AGNUS DEI

Meu anjo despudorado
Agnus Dei indecente:
a asa sempre arqueada
e as braguilhas semi-abertas
com a hóstia consagrada
escafedendo-se dos dentes
Ah! meu pássaro incandescente:
quem esculpiu tua carne,
meu anjo torto e mordente?
quem isentou de cárie
essa boca, posta de peixe?
e quem beijou esse túnel
que vai ao céu de betume?
quem recolheu do teu lixo
e te fez bicho-da-seda?
quem te rezou ladainha
e comeu de teus tremoços?
foram teus anjos ateus
ou fui eu? que os teus troços
em silêncio relambeu?

POEMA ANTROPOFÁGICO

RECEITA PARA ASSASSINATO SEGUIDA
DE CARDÁPIO DO CORPO DA PESSOA AMADA

Quisera comer-te num poema.
Sangrar-te seria ato primeiro.
Chegas e te enlaço.
(Assusta-me a calma com que te enlaço.)
Devasso teu corpo, escorro em tua superfície.
Sequer suspeitas do plano que ardilosamente
                                      [preparo.
Tua cara lavada atiça-me a fome
e te desnudo os olhos, te grelho em meu desejo.
És peixe escamoso, rútila carne, fibrosa,
                                      [proteínica
mista e olente salada mística
que em sálvias e rúculas me vem à mesa dos
                                      [olhos,
untada em óleos e azeite de oliva.
Armar a trama
a não deixar que frinchas de luz penetrem os
                                      [vitrais

onde anjos assustados espreitam o assassinato.
Manipulo friamente o beijo, a faca e o afago.
Sou um assassino que te embosca em
[noz-moscada.
Olho-te uma última vez.
Num gesto rápido, contraio os nervos
e te prostro num só golpe.
Minhas mãos serenas contrastam com o teu
[corpo
que ainda se agita, mas só por um instante.
Constato que já não sobrevives.
Teu óbito assino, a pena mergulhada em mel e
[nêspera.

Repouso-te sobre o mármore branco da pia.
Recendes a orquídeas e cravos, a manjerona e
[alcachofra.

Os champignons enfileirados
aguardam que os invoque para tempero
e vigiam os afagos que ainda te subtraio.
Teu corpo nu e indefeso espreito numa
[absurda glutonice.
Não me induz nenhum remorso:
maior a fome de tua carne que meu sentimento
[de amor.

Logo me assalta a gula: como devo preparar-te?
Afasto a hipótese de frigir-te:
sei que, em brasa, inutilizaria tuas melhores
[porções:
a testa voluntariosa, o umbigo, a rampa de
[tuas costas.

E te retalho em postas e misturo tuas células
ao louro e ao sal, às pápricas, ao coentro,
          [azeitonas, cebolinhas,
ao aipo, estragão, pistache, gengibre, curry,
          [hortelã,
às tâmaras e damascos, acelgas e brócolis,
          [orégano e castanha.
Necessário providenciar os aspargos.
Teus dedos nadam em roquefort.
Chicórias e bertalhas meditam verdes e tensas.
Água fervente em panela de cobre, o gás
          [escapa do forno.
Tuas unhas, sujas de mostarda, arranham
          [minha pele.
E teus olhos gelados me espiam, submersos na
          [gordura.

Já não me contenho: te escarno e sangro,
          [te escumo e escaldo
te escamo a pele, te destrincho as veias e o
          [sangue esguicha.
Há que não desperdiçar nenhuma parte de teu
          [corpo:
tempero tuas nádegas no toucinho e hortelã,
          [gratino tuas orelhas.
E te douro e tosto, e refogo teus miúdos e
          [salgo-te os fumeiros
e lambo teu lombo que recende a erva-doce e
          [alfavaca:
és boi, és vaca, pássaro e lontra; asas e coice,
          [patas de mula, carniça.

De repente, teu coração o descubro
          [latejando entre meus dedos. →

Como prepará-lo? em vinagrete, ao molho
[escabeche,
ao estragão e tomilho?
Talvez assá-lo ao borralho, recobri-lo em
[raiz-forte ou escarola,
embebê-lo em manzanilla, polvilhá-lo em canela
e perfumá-lo em cravos?
A ebulição da água te agita na panela.
Os bicos de teu peito flutuam solitários na
[superfície óxida,
coagulados numa orgia de cebolas e alecrins,
[açafrão e hortelãs.
És alcatra, chã-de-dentro, vitelinha,
animal sacrificado para meu ágape de rei.
Meu gozo queima-me o corpo, não fosse tão
[quente a água
e afagaria tua cara que bóia entre os condimentos
e morderia teus cabelos emaranhados nos
[torresmos.
Com os pêlos de teu sexo penso confeitar
[aquela cidra palavra
que nunca me disseste ou a serviste à mesa.
Quero-a boiando entre cerejas e figos, sentir-lhe
[a cica
na castanha do lábio, ardendo entre morangos.
Te estripo e estupro com os olhos e o estômago
e te afago sem nenhum escrúpulo, faminto
[apenas.

Eis
que as trompas e os fagotes anunciam o
[banquete.
Servir-te há que envolver-se em ato de luxúria. →

A grande mesa mineira com suas cadeiras de
[espaldar alto
se engalanam:
guardanapos de renda, faqueiro de ouro,
[castiçais de prata antiga,
o samovar, as campânulas, as ânforas com
[tulipas violáceas
e a guarnição, aquela guardada há séculos
na cristaleira de tantos porões.
E te contemplo:
douras espostejado na terrina de porcelana.
Teus olhos marejam um ácido champanhe,
[mariscos
prateados rondam tuas orelhas.
Tuas coxas cintilam sangradas, nadando em
[vinha-d'alho,
néctar, pólen, absinto.

Num último resquício de luxo
borrifo-te de essências e sândalos
e cada porção mais atiça a minha gula.
Por onde começar o banquete e amansar o
[palato?
Por teu sexo marinado, flutuando entre ostras
[e camarões?
E a carta de vinhos? qual a casta, a safra?
verde, tinto ou branco?
Como servir teu sangue? longo copo cristal
[opalescente?
Bebê-lo apenas entre os dentes, eu e meus
[tridentes?
Te espeto, te furo, te escalpelo e esquartejo, →

eu mesmo não me reconheço neste ato de
[selvageria,
nesta fome de tua cartilagem,
nesta fúria com que aproveito cada crosta de
[carne
de tuas espinhas docemente dispostas sobre o
[prato.
Me amedronta o risco de perder-te nessa
[antropofagia
consciente e requintada
nesta graça que rendo ao Senhor pelo pão de
[tua carne
pelo vinho oloroso de teu sangue.

Eis que, espanto!
tua boca ardida em english sauce
vejo grudar-se em meu garfo
num beijo!

O ZÔO-ILÓGICO

DAS RINHAS E PASSAREDO

1

Quero-quero nunca voa
além do seu logradouro
há quem nisso tudo veja
presságio de mau agouro.

Asa curta ele não tem
que impeça um largo vôo:
outra coisa o detém
(e essa coisa não tem nome).

Quero-quero tem destino
que a todos causa estranheza
não se atrela ao desvario
de se perder na incerteza.

Prefere cruzar a rota
que se propôs, passarinho: →

voar em torno de si
cruzando o próprio destino.

2

Matador de passarinho
o que fizeste a mim?
Escalavraste meu verso
logo eu, teu querubim.

Amordaçaste-me o bico
e apedrejaste a toiceira
foste bem fundo ao meu ninho
e me violaste, rasteiro.

E com seu bodoque armado
alvejaste bem no meu olho
fiquei cego, surdo e mudo
e tu, zambeta, torto e zarolho.

3

E se te abro a gaiola,
        passarinho –
o que acontece?
Ou se te escasseio a água
e te raciono o alpiste
e te descalço o poleiro
e te vedo a paisagem
armando uma lona preta
por sobre a tua gaiola?
Se te deixo umedecer
à sombra de minha sombra →

e te armo um fenecer
encostado ao meu descaso?
E se perfuro teu olho
com agulha enferrujada
e se te arranco, selvagem,
uma a uma essa plumagem?

4

Quem me pôs fungo na pele
e a infestou de lombriga?
Quem foi que, sob cutelo,
me fez galo de briga?

Quem tossiu a minha noite
e inoculou-a de intriga?
E me fez ir para a arena
tal qual um galo de briga?

Quem me fez desse sarau
uma novena de intriga?
E colocou-me no enredo
fazendo um galo de briga?

Se não ostento esporão
e nem sou dado a essa rinha
por que atirar-me ao centro
e apostar-me galo, e de briga?

Se minhas cristas e penas
as trago sob mantilha
essa por onde escondo,
fanado, o galo de briga.

Minhas contendas são outras
e delas faço uma espiga
e os muitos milhos espalho
a outros galos de briga.

5

Meu galo de rinha
de crista emplumada
de guardas abertas
unheira afiada.

Meu galo das trevas
de rabo estrelado
teu bico de laca
punhal amolado.

Meu galo da noite
és quase orquidáceo
monocotiledôneo
esporas de aço.

Me serves curare
em taça de prata
enquanto me ciscas
a argamassa.

Réptil, praticas
a cirurgia
e o meu cacarejo
asfixias.

Mistura de galo
e cascavel ➔

chacoalhas no rabo
um favo de mel.

Tranquiberneiro
me circundeias
caranguejeiro
teces a teia.

6

Ó petulante ave
tão líquida e rapina
que à noite vem roubar
meu sono, em surdina.

Ó deslumbrante ave
que me sangras em neon
e cantas que nem fosse
um raro bandoneón.

Ó ave pedradeira
que vais ao meu pé de abiu
e depena-o sem pena
deixando-o vazio.

Ó sorrateira ave
de penas prateadas
quem foi que tuas garras
as pôs tão afiadas?

Ó rutilante ave
que foges às baladeiras
diz: por que teus alçapões
armaste-os à minha beira?

E por que tuas migalhas
as deixas ao meu alcance?
se sabes que minha fome
não te apetece o bastante?

Ó ave que noutras aves
colocas os mais vis desejos
quem há de bicar-te o sono
e te fazer mil arpejos?

7

Te quero favo e castanha
noz-moscada, cravo, carqueja
te quero galo das trevas
desses que à rama deita.

E deita sua esbelteza enorme
e conquista as rainhas
e faz do seu latifúndio
espaço para suas rinhas.

Te quero canhestro e gago
com o olhar meio travado
a um milímetro do gozo
a meio metro do espasmo.

Afagando minha crista
ou afiando a espora,
eu preparo teu banquete
com mel, pêra e amora.

A CHAVE DO ALÇAPÃO

Passarinho que não pia
desmereceu o seu bico:
o gosto do corrupio
perdeu, ateu-se ao trinco.

Passarinho que não voa
não faz jus à sua asa:
revoa pelos telhados
o seu cantar destelhado.

Passarinho que prepara
mal o seu próprio ninho
não sabe o tempo do estio:
afeiçoou-se à invernada.

Engradado em sua cela
nem solfeja esse espaço
atando com o próprio bico
o nó górdio do laço.

O que deseja esse pássaro
senão a sua prisão? —
pois se tem as sete chaves
de seu próprio alçapão?

POEMA

O javali esconde-se nas ramas
e guarda pelos olhos desejo estranho
e tem uma oferenda, ocultada,
por sob as sujas unhas que, afiadas,
se articulam ao corpo para o bote.
Ao encostar-se focinho a focinho
estabelecerá, enfim, a aliança
que entre os animais, por hábito,
consagra o que entre humanos é quase
                              [inumano:
um perceber o outro, esquadrinhar-lhe cheiros
o olho, as garras, a pelagem e a perscrutar-lhe
                              [as carnes
e camada gordurosa que esconde, a bem
                              [sabê-las
a selecionar as partes que mais o apetecem
qual um pescador que joga a isca e deixa-a,
                        [por algum tempo, flutuando
até que a presa, lambiscando-a, trinque →

e se transforme, logo mais, num luxuriante
e pantagruélico pasto, com salsas e coentros
e alecrins, manjeronas, aipos, salsaparrilha,
                               [raiz-forte...
E o javali espreita, predador,
pondo-se em guarda para jantar tão régio.
Enquanto a lenha arde, ele se lambe
e se coça, e se roça nas ervas olorosas
e prepara seu banquete com artimanhas.
Enquanto os jasmineiros recendem pelo pasto
ele flamba com os olhos sua presa,
e prepara o bote.

APOJATURA

São dois gatos siameses
que miam doce linguagem
e abusam dos linguados
que servem por sob a mesa.

E se chamuscam da luz
que jorra dos labirintos
e se entorpecem de luas (são focos de lua cheia).

E caminham leves claros
que não lhes cabe azinhavre
e exalam a petúnias
e têm os seus dedos verdes.

Eu lhes sei os codinomes
que lhes dão, quando eles passam
e nos livros que se lêem
existem outros, gravados

e são nomes horrorosos
que designam suas vidas:
bichos, números, signos
forca, punhal, insígnias.

TERRITÓRIO

Sou um gato que mija em teu sapato
para marcar território.
E roço meus pêlos em teus olhos
e te envolvo em meu cio
e te cruzo a rua com olhar ferino
a te flechar e te fazer pisar a farpa
que irá incomodar teus pés descalços.
E teu sorriso guarda a marca do espanto
e estás preso a mim por um prato de ração
ou qualquer mísera migalha que te eu te atirar,
        qualquer.
Atiraste um pau no gato? Pois o gato não
                             [morreu.
E sais desarvorado, o sapato mijado
e a certeza indelével de que ainda nos
                        [encontraremos.

POEMA

Se persigo teus pêlos e fiapos
e se às tontas ando pelo telhado,
que não te zangue, imploro, os miados
que solto à noite, quando te sonho.
Nem fica-te triste ao saber-me homem
que se encosta à tua pele esfomeada:
eu tenho um seio que ao sabor do estio
irá, no exato momento, devorar-te.
Não me queira porém me desvendar a
face que se esquadra esguia:
eu sou feito uma íngua que intumesce
ao sabor do calor, quando faz frio.
Nem te queiras, por fim, atormentar-te
se te faço a corte e aperto o cerco:
mais vale o amor que a morte, pois a vida
eu pasto, sem lamber o esterco.

ARANHA

> Eu sou uma exata aranha
> que no seu escuro trama
> onde seu visgo expulsar

Não me faças dar ao tempo
um tempo que não disponho
e nem de leve escalpele
o carneiro que há em mim.
Eu sou feito um alecrim
que a chã-de-dentro adocica
cravelha de um bandolim
que se perdeu nas ruelas,
manjericão, alfenim,
gosto dúbio nas panelas.

Ungüento misterioso
mistura de cravo e urina
de alho-poró e resina
cáscara e graviola
misturados no alguidar →

onde lavo a camisola
do dia em que fui noivo
que se esgueirou de casar.

DA SEGUNDA ARANHA

Me sinto noiva e esposa
que se alberga em teu espaço
sem gana de aprisionar-te
com meus liames de seda.

Parece estranho esse gosto
de fel besuntando o lábio:
e eu te mordo e descasco
e despenteio teu alho; –

e ao alho e óleo te lambo
descamando a tua face:
és Jesus Cristo no gosto
Virgem Maria no olfato.

Se não te levo ao calvário
não é por medo ou enfado:
se palmeio as tuas fendas
como quem desfolha uma alface! –

como quem destrói da noz
o invólucro escamado
e crava os dentes na hóstia
e desova seu pecado.

E és bertalha e chicória
salsa, almeirão e cheiro;
e queimas que nem mostarda
quando te uso tempero.

E me ofereces um naco
de um aipo caramelado
e um sorvete cremoso
me desfalece o palato.

Buquês de manjericão
te ornamentam a cabeça
e azulejas meu chão
com o azul das hortênsias.

Que plantaste ardiloso
na cristaleira dos olhos
onde bóiam alcachofras
sob um céu de alcaparras.

DA TERCEIRA ARANHA

Viúvo de teu corpo
sem nunca tê-lo habitado
me desgarro de meus véus
e penetro no teu adro
e descamo o teu peixe
e lambo tua morcela
e me infiltro na falange
onde te foste açoitar
e destravo essa porta
onde te ensimesmaste
e subo então pelos muros
e pelos teus engradados
que nem a hera daninha
que pelo muro se alastra
mas que ao sabor do estio
ela mesma se miasma
sou a tal planta rameira
que te atenta despear-se
e minha veste de cânhamo →

só faz é coagular-se
e transfiro o desponsório
para mais longínqua data
onde o padre e sua mitra
venham enfim celebrar-nos
a oficial viuvez
essa que aos castos embala
e os faz dormir o sono
dos velhos e exaustos gatos
que dormitam nos telhados
com uma aranha nas presas.

DA QUARTA ARANHA

Recendes a enxofre
e ainda assim eu te quero
mesmo sabendo que o demo
elegeu-te como cetro.
E se me lanças teus dardos
logo te esgarço a boca
e tua saliva garapa
me deixa ainda mais tonto.
E fedes que nem cachorro
que jamais se deu ao banho:
e ainda assim eu destranço
teus grossos pêlos de arame
e me cedes tuas coxas
para que nelas me arranhe
e se intumesce o teu peito
de uma forma quase estranha
como se fossem expulsar
duas magentas aranhas.
E me adulas e me troças ➔

e eu te fustigo o rabo
e me empunhas maldoso
tua solferina haste
e malicias teu garbo
que nem uma vaca prenha
mais pareces uma aranha
presa à sua própria teia
ou uma cachorra que as trevas
fizeram secar-lhe as tetas
e dormes que nem um anjo
as presas presas a um tridente.

DA ÚLTIMA ARANHA

Onde se oculta a nervosa
cava de carne esponjosa?
Em qual santuário repousa
o verdadeiro Evangelho?
E quem inventou o mistério
daquele Santo Sudário?
Em qual peluda couraça
eu entranhei o meu verso
e em qual batistério habita
dessa aranha a argamassa?
Como dar enredo a essa missa
a que eu comungue o desejo?
Como cear com as beatas
e emaranhar-me em seus pêlos?
Como apeá-las do claustro
sem instrumentar o cutelo
se a stella matutina
não cavou as suas elfas?
Se tropeçam como doidas →

num simples roçar de velas?
E se apagam misteriosas
mal terminada a novena?
E se recolhem, novilhas,
aos seus estábulos-celas?

ESCARAVELHO

Feito um escaravelho, te guardo em meus lençóis de cetim
e invento um poema entre as frinchas de meu
                            [travesseiro.
Nas dobras dos meus sonhos te escondo
e acaricio teus trigos e beijo as águas de teus
                            [lábios
e espreito tua janela quando apagas teu
                            [candeeiro.
Te imagino o sonho e me transponho para ele
e de repente é como se habitássemos a mesma
                            [casa
ela com lambrequins e telhas portuguesas e
                            [sancarias e beirais
e um forno a lenha onde, em fogo brando,
nosso amor ardesse em panelas de ferro antigo,
um sabor de ambrosia escorrendo às paredes;
e nela, nessa casa, eu guardasse todos os
                            [meus segredos →

e trancafiasse meu destino em tuas mãos,
e jogasse ao vento a chave e o segredo do cofre
e tudo o que lá ficou
de antigo ou velho, ou mesmo rascunhos de
[sonhos –
tudo eu sopraria ao vento.
Que o amor nem sempre é vendaval ou
maremoto.
Ele é um abricó-de-macaco encapsulado
[durante
algum tempo,
aguardando a estação para florir.
Me adormeço com as palavras que sempre te
disse de forma imprecisa
porque o dizer, para mim, faz-se bem difícil.
Mas elas, as palavras, estão como essas águas
que escorrem por tuas cordilheiras
como fios de prata escorrendo pelos lençóis
[que aguardam
que venhas neles descansar com os biguás
[que um dia
pousaram em teus ombros, e eles aí estão,
visíveis para mim como nunca
bicando o alecrim de teus dedos, a manjerona
de teus olhos
e a tua timidez acetinada
fina armadura que te protege – mas de quem? –
talvez do medo
que instalaram à tua revelia.

RETRATOS EM CRAYON AMARFANHADOS NA MATULA-EMBORNAL

COMPOSIÇÃO

Tua cara
resvala na colagem de Luiz Canabrava.
Entre dois pedaços de madeira
um visgo dourado sugere teus olhos
que flutuam também no vértice
de outras duas formas imprecisas.

Agora te moves.
A espuma de cera daquela curva esponjosa
      explode
movendo-se pela parede.
Debruço-me e recolho teus pedaços
que escorrem
      chorando
entre os grânulos da colagem estilhaçada.

POEMA

Tua cara de espuma
se esfrega árida
em minha mão esquerda.
Árida;
dela o antigo olhar nem faz lembrança.
A mão direita a conservo
na mesma postura que antes fazia vibrar teu
[corpo.
Os teus olhos se mantêm
na linha justa de meu beijo
que é ríspido e áspero.
As horas caem sem nenhum ruído.
E somos quais flores murchas
desapercebidas pelo outono.

VAGOCANTO

Teu rosto rosa
plantada no escuro
se transfundindo de agreste
e explodindo em botão.
Teu rosto, rosa silvestre

        (o rosto: haste
        emergindo em branco
        – branco de lua partida
        e a rosa, fração de lua
        lua em flor transformada).

SAETA

Maria Elena Velasquez
feita de lótus e lufas.
Montoya nos olhos plainados
d'açucenas verdes-musgo
e vôos de gaivota
rasgados no horizonte.
Maria Elena Velasquez
de cujos braços penderam
raízes frescas de amora
como se fossem lustres
laminados em cristal.
Onde cravada a boca
ardeu cântaro e lago
e escorreu como um rio
um rio verde de monte.
Maria Elena Velasquez
o porte feito de arame
e a sustentarem seu corpo
retículas vento e sopro. →

Metade lacre e espuma
a outra metade: tesouro
e onde suspeito o conflito:
feita de sal e iodo.
No taco de seu sapato
Maria Elena Velasquez
taconea meus penares;
e a zambra de seus olhos
e o seu talhe mourisco
de fresca tarde espanhola
reboa na voz granadina.
Maria Elena Velasquez
Velasquez, porém Montoya
Montoya hecha de miel:
– o que arde são fogueiras
ou são pastilhas de gelo
a salpicar-te as sombras?

Sendo Velasquez
y Montoya Maria hecha
de embrujos no espesso vinho
da cara vermelham xales
e toros.

RETRATO DE DOROTHEA – ESBOÇO

Pinto teu retrato: teus seios serão
profundamente rubros. Colocarei tua face de azul
e pingarei oceanos no liso de tuas
coxas.
Da extremidade de tua cabeça puxarei um
risco vertical, que tingirei de escarlate
puro.
Serás assim toda esquisita
que assim o és.
Não pintarei tuas mãos; amputadas
elas não perderão em expressividade
pois que vivem vivem répteis
e renascerão não sei em que outra parte do
                                        [corpo.
Não tingirei de preto
o teu abismo.
E nesse retrato ninguém te adivinhará
ninguém te desvendará assim mortificada →

mas tu estarás toda e profundamente toda
esquisitamente multideformada
que nem avesso.

RETRATOS DE DOROTHEA

I. (à maneira de Chagall; e escutando Fauré)

lembrava um ninho, e tinha
uma rosa no peito.
De flandre, a armação
que sustinha
a argamassa da pele.
O ventre arfava e a mão
sustinha um passarinho.

II. (à maneira de Modigliani)

No seio de asa
barulho de rosa se abrindo
ruído de tardes caindo e nuvens escorrendo sobre
[montanhas enormes.
No gesto tão fluido
um sentido agudo e intocável
e entornado no seio →

um jeito de ninho de palha.
Nos olhos surpresos
um baque de penas voando
e pombas boiando na haste morna do ventre.

RETRATO III DE DOROTHEA

Vosso cabelo estrelado
vosso porte encapelado

vossa mão incendiada
vossa palavra esperada

vosso passo passarinho
vosso seio nem um ninho

vossa ardência e quimera
vossa massa primavera

vosso nobre pensamento
vosso silêncio desfeito

vossa ira, meu desgosto
ai! vosso amor tão malposto

vossa água vosso vento
vosso olhar despetalado

eis posto no meu pousado.

RETRATO IV DE DOROTHEA

Metade chuva de pássaro
a outra metade, cardume
      engastado no torso.
Meio pássaro meio cravo
ardendo encarnado
na fala mandrágora.

Escama de prata reveste o rosto.

No musgo dos olhos
plantou-se mais cravos
      (esses, dourados).

RETRATO V DE DOROTHEA

Qual uma ave rapina
que de repente estufasse
seu leve peito emplumado:
que, faiscando os olhos,
no leve bico insolente
dissolvesse um tênue canto
(canto esse que inundasse
sua gaiola de sopros).
Qual uma ave de espantos
e sortilégios tão raros,
que a penugem de seu corpo
revestisse a parda lua
por entre os dedos da noite.
Ave de graças plenas
garça de asas plúmeas
bem leve sopro de prata
que harpejasse no escuro:
uma flauta matu-repentina
(bem leve bico de pássaro); →

pássara
que de leve emplumasse
sua cara almiscarada
e uma pergunta tão branca
no ar, de pronto, saltasse
e numa rede de espanto
inteiro me aprisionasse.
Seus castelos são os braços
onde vou, gladiador,
guardar-lhe as pontes, rebanhos,
e as reservas de prata
que herdou de antepassados.
De cedro a sua estrutura
que contra a minha artimanha
os seus lastros viscerais.
E beberei comovido
o áraque de sua palavra
e a salsa e o vinagre
de seu torso aviscondado.

Um leve bater de asas
ressoa pelo seu corpo;
e pelo seu corpo reboa
os seus trigais fustigados
pelo vento que lhe sopra
a estrutura de cobre.

E o breu de suas noites
amortecem os mais claros
espaços de meu destino:
e somos párias e águias
somos patrões e escravos
ardendo na mesma pira
gritando num só espasmo.

IRACEMA VITÓRIA

Ela fumava Belmonte
e calçava trinta e cinco.
Os olhos verdes boiavam
nos cabelos de aletria.

E os dentes cariados
entre si se entretinham
apontando uns aos outros
quais os que mais pendiam.

Pela boca esfarelada
segredos se escafediam
e as palavras se altercavam
numa tensa algaravia.

E os gestos se acumulavam
mas sem qualquer serventia
feito as palavras, nadavam
num mar de esquizofrenia.

Enrolada ao cobertor
feito animal grunhia
deixando escapar no vezo
a sua apoplexia.

(Há que drenar do sono
a gosma dessa euforia:
de ficar desperta à noite
pois raro é dormir de dia.

E é um sono esfumaçado
que a morte tem por vigia
e onde um pus virulento
septicêmico se irradia.

Não quer ungüentos nem óleos
nem outra qualquer alquimia
deseja tão-só paliar-se
com tal septicemia.

E processa o inventário
de cada ruga ou estria
fazendo escapulário
dessa fantasmagoria.

Quer um salto que a equilibre
na vida que se desfia
e um cigarro Belmonte
que lhe atenue a agonia.)

POEMA

Luis Sérgio está diante do motor:
sua estrutura metálica (a cara retalhada em sal
[e ferro)
ruge em máquina. O combustível é certo:
uma inevitável mistura de graxas que ele buscou
com suas mãos esburacadas, seu sentido
[assustado
suas mãos musicais que lhe trouxeram uma
[certeza infinita
de que tudo vale a pena ao pago do amor.

E aciona a máquina: há móbiles no espaço
e ele parte, aviador e astronauta, no seu
[módulo;
e ele parte esmagado de vida, tênue como
[sombra de gato
projetada no muro;

e parte para sua espacialidade –
e há uma tontura que ele vomita pelos olhos →

e suas pernas tremem, e seu sexo adocica
e ele é deus na hora em que a máquina se
                        [estratosfera
em que range suas válvulas, e as válvulas
                        [intestinais
também se movem: e nessa maceração ele
                        [investiga
o espaço que já existia pelo seu corpo.
A poesia segue com ele, ao encontro do
                        [asteróide
que seus olhos instigadores certo dia
                        [inauguraram
no espaço que demarcou seu; o macacão
                        [cinzento
está porejado de estrelas
e suas fivelas estão carcomidas de ferrugem solar.
E ele se sonha no espaço, maneja a máquina,
                        [aciona o motor
confere os cálculos de alunissagem.
Luis Sérgio a-lui-nisa e pisa.

PAVANA, SE FOSSE POSSÍVEL EM TEMPO DE SAMBA, PARA ARACY DE ALMEIDA

A lágrima que ouvi escorrer de teu puro rosto
a encardida amargura de teu canto
as trago sigilosamente cravadas no peito
aflitamente expostas nas mãos abertas.
Que águas mordidas de medo!
Que rosas ardidas de susto!
Que olhares entornados nos telhados escuros
que sentimentos bifurcados e amores não
                                [chegados
se entrecortaram em teu canto;

(chuvas pressentidas muitas vezes escorregaram
                                [de tua voz
e noites de silêncio foram pisadas no coração).

Vai neste poema todo meu sentimento
que sendo o melhor de mim, não é dos
                                [mais perfeitos →

mas no entanto sincero na rude ternura.
Do operário ao poeta
estabeleces um elo de amor
porque te entendem melhor
todos aqueles que um dia tentaram lavar tuas
[tristezas
nas fórmulas mais vagabundas já inventadas pela
[humanidade
(sentimentos catalogados em armários de ferro)
e, enfim, todos aqueles que são tristes (não
a tristeza ostensiva dos que foram margeados
[da vida
por inépcia de viver, nem a tristeza inútil dos
indecifrados nem dos que não participam da
[grande batalha).
Mas dos que choram apenas o necessário, sem
[desespero
os que sôfregos se agarram às tuas palavras
e que têm as mãos escalavradas pensas no muro,
o corpo para fora do edifício.

    tens as justas palavras que roçam o chão
    dos corações ardidos de ternura.

Vês esta canção desequilibrada, este verso
[desqualificado?
É também a plaina, o formão de uma espécie
[de operário
a prancha onde depõe seu jogo de ferramentas
o artífice do verso
macacão feito de espumas de muitas lágrimas
[retidas
por mero conformismo; →

coração roto e amargurado, vontade muito
                              [grande
de ir caindo por aí, de beber qualquer vento,
                    [afundar-se no abismo
e de lavar sua tristeza no esgoto de qualquer rua;
poeta e operário confundem-se nos estribos
                              [do bonde
e no berro que a coletividade
oprime no peito, se punhal lhes atravessa.
Dirão que este é o sentimento comum do homem
                 ou
o sentimento do homem comum,
não importa.
Mas repare; ele se mergulha em qualquer
                         [dadivosa tristeza
afunda-se em qualquer cair da tarde (greve de
                                  [alegria;
reivindicação de operário é o poente que lhe
                          [toca em parcela
sem haver contraprestação de serviço, mas
                       [apenas constatação
da coisa em si).

Em qualquer dadivosa tristeza, dizia: a da tua
                        [voz, por exemplo.

   O fato assim acontece: o homem do
        [povo está absolutamente sozinho
   a mesa posta o sentimento tripartido o
                         [salário mínimo
   a tristeza cuidadosamente disposta em
                              [cada coisa,
   em cada objeto →

o coração enorme pulando do peito.
Aí o rádio anuncia que vai cantar Aracy
[de Almeida.

A tua voz se esfrega no corpo do operário,
[nos resíduos de óleo e graxa
(pago de seu ofício)

tua voz roça
o salário mínimo, a conta da Cooperativa, o
[trem de ferro do operário
e o teu contato é como se fosse
a grande muralha se desfazendo
e o exposto lírio corporizando nos olhos
(e pende a lágrima).

Tua voz é
a grande praça pública do aflitivo encontro
de todos aqueles em quem o coração nasceu
[definitivamente torto
predispostos à lágrima e ao amor
(náufragos do amor)
a se baterem no muro comum dos problemas
[insolúveis.

POEMA PARA NORMA JEAN BAKER

Teu cabelo
parece que o sinto dourando minha mão.
E o teu som
            (cada pessoa tem um som peculiar)
parece engastado no quadro na madeira na
                        [chave no rótulo.

Mais uma vez chegamos todos tarde:
tua mão sobre o telefone não nos alcançou;
e, no entanto, viríamos todos: o guarda civil
o lixeiro o escriturário o poeta o bancário
o proxeneta o homem-bala do circo e o
                        [corcunda quase cego
viríamos todos, absolutamente todos
e diríamos não faça isso que bicho-papão
                [não gosta de menina travessa.
Aliás, sempre chegamos tarde.
Existe um relógio sintomaticamente atrasado
regendo aquilo que seria o tal gesto salvador. →

Tua mão sobre o telefone
seria a chamada geral para o socorro.

Não queria te fazer triste, norma jean baker,
mas hoje fizeste muita gente chorar:
logo tu, a quem inventaram para ser o exato
                                      [sorriso
o exato encantamento a exatíssima ternura
logo tu que desnudaram tantas vezes para
                                      [nossos olhos
e a quem logo cobríamos com a túnica do
                                        [nosso deslumbramento.
E chorou-se.
Alguns, menos encabulados, em plena rua;
outros, para dentro (há gente que não sabe
                                        [chorar direito).
Eu, por exemplo, chorei por fora e para dentro.
Ai! que doeu-me ver-se partir o vidro de tua vida
um frasco
reparem
um frasco ultramultiplicado e dividido
meticulosamente
cada fração
por toda a humanidade
que não te escrevia cartas, mas te amava
que não te conhecia a presença, e te amava
que não te dizia que te amava, mas ainda
                                        [assim te amava.

Repara, não sei (e supondo mesmo que
                              [ninguém saberá)
a vida: biombo fincado duramente na laje →

retalhando e colocando em postas o que foi e
[o que seria.
Mas, ainda assim, repara: o fato que se constata
é este: não estás.
Pior ainda: não quiseste ficar.
Ora, tudo isso é muito triste.
Entendes, percebes que te amávamos? Dirás
[que não sabias.
Mas a pessoa a quem se ama nem sempre se
[tem por perto.
      o jornal
      o biombo
      o jardim
      a mesa
      o esquadro
      o piano
      o prato o binóculo
são elementos.
Pessoas são feitas de e por e para
e habitam às vezes a uma distância de um
[milímetro
e esse milímetro às vezes é todo o oceano
[pacífico.
Não sabias, vês?
Mas sempre estivemos por perto, em vigília.
Te policiávamos sutilmente e, no entanto,
não ouviste a (desculpe a tola e vulgar
[expressão) palavra doce
aquela que explode na cara da gente quando
[o coração está arrebentado
e quando nenhum barbitúrico resolveria
[a insônia →

e ainda quando nenhum corrosivo poderia
              [dissolver ou apagar
uma coisa que na verdade não te faltava
              [(e não suspeitavas):
o grande amor que te ofertávamos, braços
[estendidos, palavras esmagadas pelo vento
pastel de queijo algodão-doce toalha de fuxico
vês?
é tudo isso que dói: não temos tido vozes tão
                                    [altas
nem pressentimentos tão fortes
que te pudéssemos berrar: marylin, nascida
              [norma jean baker
não faça isso, largue esse vidro, agasalhe-se de
              [qualquer maneira,
pegue um avião, venha ouvir
o grande coro do pequeno mundo do
              [proletariado te amando
Ah menininha, não tiveste paciência para
              [esperar!
A humanidade, compreende?, reteve esse carinho
       [na esperança de um dia ofertá-lo a você
embrulhado em papel ordinário e barbante
              [grosseiro,
porém o carinho mais dadivoso:
    asa de borboleta
    espada-de-são-jorge
    boneca de palha
    figa de prata
    doce de coco feito por dona iaiá da ladeira.

Namoradinha:
em vez do portão, a tela cinemascope. →

Pagávamos para te ver, mas não tinhas culpa
e provavelmente desejarias que todos os pobres
    [do mundo tivessem acesso ao teu sorriso
e que para te namorar não precisassem pagar
    [entrada no cinema do bairro.
Namoradinha:
entrávamos sozinhos no cinema e eras tão boa
    [que depois sempre vinhas com a gente.
(Um dia, lembro-me agora, me surpreendi
    [comprando
dois saquinhos de pipoca, e estava fisicamente
    [sozinho.)

Agora, justo agora,
não queríamos te deixar sozinha.
Mas justo agora me pergunto se deveria ir ver-te
    [e levar-te a tardia flor de papel crepom
o saquinho de pipoca o laço de fita de
    [gorgorão acetinado
beijar-te o rosto e dizer-te as coisas lindas e...
essas manchetes de jornais
esse nojento repórter esso gritando que tinhas a
    [mão no telefone
que ainda tentaste nos procurar, vai ver me
    [procuraste
a mim herminiobellodecarvalho
para pegar-te a mão e levar-te ao jardim e
    [comprar marshmallow
entrar em cineminha vagabundo com
    [provavelmente fita de carlitos.
não discutir kafka nem prévert nem kandinski
    [nem truffaut nem concret music
mas a tua infância, o samba de ismael que
    [conta do antonico, →

as marotagens do orfanato onde te enclausuraram,
levar-te àquela curva amorosa do jardim do mam
coisas que te fariam repisar o chão, constatar a
                                      [terra com os pés
surpresamente desnudos.
Bobinha, bobinha:
não soubeste esperar pelos namoradinhos
                                        [que haviam marcado
um lírico encontro de esquina, buquezinho
                                        [de malmequer na mão
palavra ingênua suspensa na boca
e gestos bem puros, atitudes bem burguesas
chocolate com bolacha maria em barzinho
    [de mesa de pinho e toalha esburacada
num subúrbio qualquer da leopoldina.
Namoradinhos brasileiros
                javaneses
                italianos
                turcos
                hindus
                ingleses
                portugueses
serias o grande afago, a desesperada alegria
e nos daríamos todos a ti
proletariamente confundidos no puro amor
                                          [(e não sabias).

O que faremos agora desse carinho interrompido?
                            [Com esse amor retido inutilmente?
(o teu caminho não tem atalhos
onde pudéssemos te surpreender com a nossa
                                              [inquieta presença)

O ÁPORO ITABIRANO

O áporo itabirano
tinha de áporo apenas o mistério
tão claro para ele, obscuro apenas para mim.
E a palavra, ela em si, ele enclausura
o sentido que tem, enciclopédica,
detendo o segredo, claro como um enigma.

O áporo é inseto que, à mineira,
esgueira-se nas sombras
e ao menor susto as asas se encrespam
e parte para um infinito vôo.
E avoa o áporo, em si mesmo enclausurado
não a clausura dos claustros beneditinos
mas a que ele se impõe: o desafio ao já
                        [dicionarizado,
ao lato sensu, ao explícito que ele torneia e
                        [pule, e cava o implícito.
Por isso áporo, de gusa, ferro, magnesita,
malacacheta, minérios escavados por
                        [himenópteros →

áspera chuva de granizo a derribar-se em
 [lágrimas
quando o sentimento do mundo vem e o açoita
e se põe de polainas, fraque e bengala e
 [bigode postiço.

E sai o áporo das frinchas do dicionário
a desvendar-se por inteiro, inseto comum,
(mas nublando o enigma).

VISÃO CHAGALLIANA DE SÃO ISMAEL
(O SAMBISTA) DEBRUÇADO SOBRE NÓS

Sapatos de vidro
Sobre os telhados de ouro das nuvens cor de
                              [pérola,
Ismael Silva, no seu terno de platina e espumas
caminha sobre nossas cabeças, qual um arcanjo.
Os edifícios são altos e furam os céus
e sobre eles um anjo verga o seu corpo
e a sombra oblíqua de sua estrutura
é uma esteira transparente de luas derramadas
                              [sobre os ventos.
Nos seus bolsos encantados
existem muitos mistérios
e do cordão do seu sapato pende uma extática
                              [e solitária Ursa Maior.
Dos seus olhos flui continuamente um sopro
                              [intangível
e os seus dedos decifram em gestos pálidos
os mistérios adormecidos nas coisas
                              [imponderáveis. →

O barulho de seus passos sobre as árvores
é o canto que ensurdece os trens ruidosos que
conduzem os operários para os subúrbios
[distantes.
Muros de chuvas mornas demarcam sua casa
e um grande sol particular penetra a chaminé
[de ouro
e se derrama pelo assoalho de rosas orvalhadas.

LOPES CHAVES

Era eu e a escada, rua lopes chaves
e o rumor intermitente da agonia no andar
                              [superior.
Arlequins e pierrôs choram abraçados
enquanto as colombinas preparam um
                              [escalda-pés
(inútil providência para a morte que se avizinha).
Pelo corrimão vejo que escorrem lágrimas
                              [torturantes
um filete de sangue respinga pelos degraus
e eis que anunciam que mário de andrade já
                              [partiu
Ele e suas 350 vidas, todas num imenso navio
que se esvai ao longe, misturado às brumas
rumo ao desconhecido (seu tão conhecido).

PIXINGUINHA

E se um dia todos os
homens ensandecerem e não
mais houver a música
e os ouvidos enferrujarem e
as vozes se cobrirem de uma
fuligem venenosa
ainda assim restará no ar
um leve e carinhoso fio
quase que imperceptível de
melodia
que ficou na memória de um
pássaro ingênuo, na borda
de uma planta ou na asa de
um rio.
E uma invisível flauta tocará
vou vivendo, e de novo a
música renascerá sem
lamentos
e os homens se recomporão, →

e Ele navegará sobre as
águas em seu esplêndido
linho S-120
as mãos no alabastro do
copo de uísque, a tarde
vestida em vinho branco,
e a todos desejando saúde,
bom dia, um mundo
melhor.

TORQUATO

Quando meu amigo Torquato se matou
(e o gás, até agora, me asfixia a alma)
lembro de uma pequena notícia num jornal
                [detalhando o fato:
vestia apenas uma cueca, e era vermelha.
Não sei por quê, lembrei de seus pés enormes e
                              [bonitos
de sua boca larga, cheia de dentes e poesia
e lembro dele no elevador, a pasta sob o
                [braço (ou não havia pasta?)
Mas os braços, lembro que eram enormes
como agora é enorme a cueca vermelha, suja não
                            [do vermelho-sangue
hemorrágico, mas do sangue das mulheres
                [menstruadas ou desvirginadas;
apenas vermelho como o vermelho dos tiés-
      [sangue e dos cardeais (falo dos pássaros)
ou estarei falando das púrpuras cardinalícias,
                [dos solidéus? do que estou falando?

POEMA COM HAPPY END

O mar secou
o céu desabou
e as construções tiveram apodrecidos seus
                              [alicerces
e ruíram espetacularmente sobre as gentes.
Uma estranha fuligem cobriu os campos
                             [cultivados
destruindo as vegetações.
As crianças envelheceram de repente os velhos
                             [morreram
e só restou no mundo
        (depois de tanta desgraça é
        preciso um final feliz)
Jacob do Bandolim, sereno
tocando o "Vou vivendo"

EL GRAN CIRCO NA CORJA-SÚCIA

MEMÓRIAS DE UM SARGENTO DAS MALÍCIAS

Cantava de noite e de dia
ao pé de um copo de vinho.
Fazia muita zoeira
copulava a noite inteira
acompanhado ou sozinho.

Refestelado na terra
após o ter-se consigo
sujava de terra o arminho
do seu liforme meirinho.

E lambuzava a ribeira
Incitando algaravia
Deitava mais vinho ao copo
e caprichava nas cópulas
com elas se comprazia.

Depois deitava na terra
e se tinha, de novo, consigo. →

E se esfregava no almíscar
que do seu corpo extraía.

Com dois ferros o prenderam
e às mãos, ataram-lhe algemas;
mas não viam que a paixão
não tinham como contê-la.

E deu-se no Largo da Sé
por obra de Santa Engrácia
mais um milagre que a fé
só ela ata e desata:

os ferrolhos se quebraram
as algemas se partiram
e as mãos, voláteis como dantes,
já de pronto logo elas agiram.

E o meirinho enfardado
com seus galões prateados
sujo de borra nas botas
ao amor, foi-se ao encalço.

POEMA

Ele rolava como um seixo embriagado
e gargalhava que nem fosse uma hiena.
Se era louco, conforme se espalhava,
os fatos conhecidos, de fato, o atestavam.
Rolava pelo cais, a íris dilatada,
salvando os cães que morriam afogados
fazendo boca-a-boca, chamando-os irmãos
e os afagava sôfrego lambendo-lhes o pêlo.
E aos pombos atirava os farelos que saltavam
de sua boca de tridentes, quase sem dentes,
mas com suave esgar de riso monalísico.
Bebeu, como se sabe, do sangue dos sargentos
ardeu, como se conta, cristão em todas piras
e fez incenso dos seus excrementos
olhando pelas frestas o que chamava vida.
Era um resumo, enfim, dos três patetas
Um Andy Warhol feito pelo avesso
Um anjo descaído nas calçadas da 46St.
rolando nas vielas que nem fora um seixo.

RETRATO

Ele movia as luas com o dedo dos olhos e
        [bebia nos alambiques a borra
mais crespa dos vinhos.
E se servia dos tachos mais escuros e com
        [uma estranha pressa, e aos
sussurros e suspirando fundo a que não o
        [ouvissem.
E tinha quase tudo para ter o mundo que
        [sonhava, mas só que sonhava
o refugo e o lixo: elegendo as matérias mais
        [espúrias
por uma questão de fado e predestino.
E habitava os telhados e seu miado
lá no fundo dos estômagos percutia. E se
        [dobrava como dobram os
sinos das igrejas do interior quando morria
        [alguém que a cidade merecia.
E recolhia o lixo de si mesmo com a espátula
        [dos outros →

e o sabugo das unhas negras denunciava a
   [procura do que esmiuçava, aos nervos,
mas com doçura;
pois a doçura é que o consumia.
As cáries habitavam os seus dentes e uma agonia
perpassava-lhe o sono; e quando dormia
dormiam com ele os morcegos e os ratos e os
               [mendigos e o pão de véspera
e os cães vadios e qualquer imundo a quem
                   [unhava as costas
e acendia uma vela a Deus, outra ao Diabo
mas era só o Diabo quem o ouvia:
Deus sempre lhe fez ouvido mouco
e às preces carcomidas que gania
        louco.
E palmilhava as bordas da lua e mordiscava a
            [fuligem das estrelas que esculpia
na espuma do chope que lhe ofereciam.
E desabotoava os botões dos anjos e esculpia
   [em jorros brancos sua própria armadilha
e trôpego em seu cavalo ele sumia
prometendo voltar, e se voltava (um dia
                [sempre voltava)
tinha o paramento esburacado como se
                      [houvesse
atropelado Deus em sua fúria.

O DESTRAMBELHADO

Ele aquece uma aflição na boca
que nem bolo de sangue com pimenta:
não engole o emplastro nem vomita o enjôo
mas quem sabe a dor que ele agüenta?
O seu terno de brim é uma prisão
que lhe esmaga o corpo macilento
e ele programa os sonhos, devagar,
num espaço que nada tem de cósmico.
Um toldo avermelhado estende ao pensamento
e uma fuligem grossa encharca-lhe os olhos
e as amarras do circo, feito garras,
apegam-se como lobas em suas mangas.

Na vesguice e tonteira que o embriagam
se despoja do brim e da gravata:
e o nu de seu corpo se ajusta em malha
e no extenso da corda equilibra o sonho
mas a corda se retesa no esfregar do susto
e destrambelhado ele cai em público.

No que está em soluços, trôpego e ridículo,
a malha, em farrapos, de pronto se enegrece
e ele salta do chão (mágico encantado)
com uma cartola prenha de mistérios.
Mas a cartola murcha, a mágica falha
e uma vaia pontiaguda lhe atravessa a cara.

Nem mágico ou equilibrista, que fantasma
se expulsará agora da rotunda negra?
Eis que um arco-íris espalha-se no corpo
o colarinho alarga, a boca se escancara,
ninguém acha graça, ao contrário: chora
(e o dourado enferruja nos seus olhos).

Do choro do palhaço deságua um oceano
que ele navega sem bússola ou timão:
eis que um colete se esgarça pelo corpo
e um chicote enraíza-lhe nas mãos.
Mas as feras debocham da imperícia
e esfrangalham o chicote, lambem-lhe a face.

Apagam as gambiarras, o madeirame chora
a coisa dolorosa feita espetáculo.
O corpo se devolve ao brim e à gravata
e a vida cola uma tenebrosa máscara
feita de asco e coágulos de cólera.
O domador se agasta ante o chicote
e as mágicas lhe saem a contratempo
o dinheiro encolhe, a fala engasga
e o prumo do corpo, vê-se pela sombra,
não é do equilibrista do olho esgazeado
mas de um palhaço roto e descarnado
que a face desonrada esconde do deboche. →

A vida lhe agrega um riso descarado
que ele nem assume porque sua bocarra
não sabe um mínimo além do desespero.

Desaba o toldo, são tantas toneladas
que ele nem sente, quando vira avesso.

NINHO DE COBRAS

Ele conhece o ninho das cobras
e adormece com elas na cabeça
e por mais que ele se diga "vá, se esqueça",
as cobras, essas não saem de sua toca.

Conheço sua boca pelas bordas
e apalpo sua alma nas entranhas
sei das freqüentes presenças de suas faltas
e o quanto elas me amargam as entranhas.
Sei das amarras que prendem o seu barco
que é todo feito de ouro e de estanho
e é sob o adro de seu templo que o
                            [contemplo
como a esfinge diante de seu dono.

Sei de tudo isso, e bem mais:
a torpeza desse nicho onde ele reza
e o sinal-da-cruz, que ele se persigna →

se maldizendo dele, seu grande inimigo
e o que mais o fere e o dilacera
e, mesmo dono, o escraviza.

POEMA

Ela comeu silêncio durante um longo tempo
e à sobremesa serviam-lhe a fartura do desprezo.
O corpo mapeado de manchões encarnados
denunciava seu grau de desespero.
Bebeu das insônias, sofreu os lapsos
que acometem a memória, quando ela se nega a
                                          [desarquivar
o fato que se esquiva, acuado,
para o canto mais escuro da alma.
Cacos de vidro travaram-lhe os olhos
que viam apenas o que aos cegos é permitido
                                                  [ver:
o negror da noite, o obscuro nem sempre táctil.
À sobremesa serviam-lhe os espinhos
que expulsavam-se da própria pele, e eram
                                            [repasto
que ela, num silêncio entojado, engolia.
Não se sabe o que a fez vedar-se no mutismo
e a causa da cegueira que a acometeu.

Um dia, destravou-se a falar pelos cotovelos
(que estavam negros, de tanto que apoiaram
o corpo por sobre a mesa esfarinhada),
explicando de forma quase conexa que nada,
                             [nada aconteceu.
Nunca se soube o que a fez vedar-se no
                             [mutismo
e a causa da cegueira que a acometeu.
Teima em não revelar, enfim, o que a emudeceu.

A MERETRIZ

Maldiz, a meretriz, o seu destino?
Dizer o que não pensa, fingir o que não goza
atriz que ao desempenhar seu papel
o seu próprio destino contradiz?
Berço-ovário, aquário de esperma –
e lá vai a louca soprando, afoita, a própria fúria
encostando o ventre (sua popa)
na proa do outro que a remunera.
Será ou não feliz, a meretriz?
Querendo talvez ser desimprópria
e abdicando de si para desempenhar-se outra
vive a nefanda vida de abrirem-lhe as pernas
como se fora um barco que ao enfunar as velas
deixa-se à deriva, a navegar sem rumo.
E ao deixar que lhe perfumem o hímen,
se compraz apenas ou é cúmplice voraz
nos uis que expele, e os ais que uiva!?
Complexa função, a que desempenha:
usa nomear-se de qualificativos sujos →

que os pede devolvam ainda mais imundos
loba ensandecida a rotular o fálico perfurante
com gramática obscena, a mais reles e porca
e a proferir impropérios, encenando orgasmos
e extraindo do outro a parcela gosmenta, sob
                                      [suores.
E as doenças que recepta e espalha essa
                              [doidivanas?
Como pode ser feliz essa infeliz?
E as marcas que lhe fazem, qual impingens –
a gravar-lhe de manchas roxas sua pele?
E as doenças que rondam seu bordel?
Ou serei eu mais um a não ver-lhe as frinchas
de uma indecifrável e louca felicidade
essa, a de doar-se em pele e visgo e beijo,
a qualquer um que alugue seus espaços?

POEMA

"Estou vivendo mais ou menos ao deus-dará, sem eira nem beira, sem emprego ou com emprego, ninguém não sabe direito e muito menos eu."

(Mário de Andrade para Anita Malfatti
Rio de Janeiro, 12 de novembro de 1939)

Sem eira sem beira
lambiscando as cobras
descendo a ribeira
rolando as encostas;

eis que se pergunta
sem dor nem espanto
que fiz neste mundo?
(Não deu-se resposta.)

Sobrou-se entre sobras
nem cal nem tijolo
ficou-lhe o restolho
(o sonho, entre dobras).

Fincou-se um abismo
tão cavo e profundo
e então lastimou-se
cair-se, tão fundo.

Sem eira sem beira
desceu a touceira
lanhou-se nos bagos
nas beiras tribeiras.

BÊBADOS

São tristes os bêbados, quando comem
um pouco além da comida;
e se emborcam nos paralelepípedos, e ficam
                                  [tontos
e causam náuseas naqueles que os vêem apenas
                                  [assim: bêbados.
Mas eles se encharcam de cetins e lantejoulas
e são pavões prateados que se adulam entre
                                  [si, abrem-se leques
de águas;
Não são tristes os bêbados, os que supõem
ser essa classe desigual e desunida:
entornam garrafas, lambem as vísceras
de qualquer cachorro que lamba suas meias.
E soltam balões, e são fogueteiros
de impossíveis fogos de artifício inimagináveis
e são artífices da vida, construtores de edifício
                                    [de mil andares
e olham ao longe, a liberdade →

feito uma estátua inerte, que arvorasse
ter nos seus bronzes toda a verdade.

II

Mas que verdade é essa, companheiro
que as pessoas sussurram tontas, quase a
[segredos?
E que náusea é essa, companheiro
que te faz vomitar a vida, por inteiro?

III

Sabe-se que a vida é um quarto escuro, uma cela
onde o prisioneiro é, enfim, o carcereiro.

POEMA

Os dois amantes se fitam, e há nos olhos de um
        uma poça d'água.
Os dois amantes se abraçam, e há no abraço
                            [do outro
    a corda atando o nó.
Os dois amantes caminham, e no rastro se
                            [distingue
a distância que os separa.
Um busca seu tempo marcado na ampulheta,
        o outro se fina.
Para um, a vida inteira; para o outro, meia-vida
e as naus vão seguindo, timoneiras,
        em meio a gritos.
Os dois amantes se beijam, e um pensa que o
                              [beijo
é selagem do afeto (amarga a boca do outro
                           [e não sabe).
Os dois amantes se medem na textura do
                          [lençol: →

para um ele é bem curto, para o outro até lhe
[sobra,
porém na hora do frio, há sempre um desnudo.

Um à porta da vida, o outro fechado em muros.
Sobre o costado de um, berram silêncios
e na palma do outro, dormem antúrios.

POEMA

A lança dos olhos
colhia perfeita
aquela visão:
dois arlequins abraçados
um abraço de água
líquido afago
(escamas prateadas
nos losangos encerados
qual peixes fundidos
numa só massa:
argamassa).

Algas mansas
algo lasso
lânguido abraço
não há quem desfaça
o nó desse abraço.

POEMA

Na trama sensível do corpo
a malha agrega-se justa:
é como se fosse uma cobra
com bordaduras de juta
ou lagarto esverdeado
untando de fel as bordas.
Mas cola insuficiente
a malha: e o espelho desnua.
Pois do antigo protótipo
restou a tênue armadura
que nem um peixe privado
de suas carnes e escamas
como se uma escoliose
desequilibrasse a escuna
e o mastro se fendesse
e se esfiapassem as velas.
O vendaval que passou
mapeou a ossatura
e as estrias e verrugas →

são logomarcas no rosto
ortogonal e escuro.
Vai grasnando suas queixas
e mastigando o azedume
e quanto mais zept e zapt
mais se encarde em seu amuo.
E é quando fala consigo
e desobtém resposta
que se forma a escaramuça:
nos prismas se vê reflexo
e a verdade desencrua
e se encaramona nas grotas
e feito galinha no choco
ele mesmo se desova
usando goivas e gruas.
Igual não ter um amigo
que o acaricie nos flancos
e chamusque seus cabelos
com o beijo oloroso
de quem assoprou um cravo.
Na jaula onde se encontra
há quem o designe homem
ou quem o nomeie veado.

LITURGIA PROFANO-SACRÍLEGA

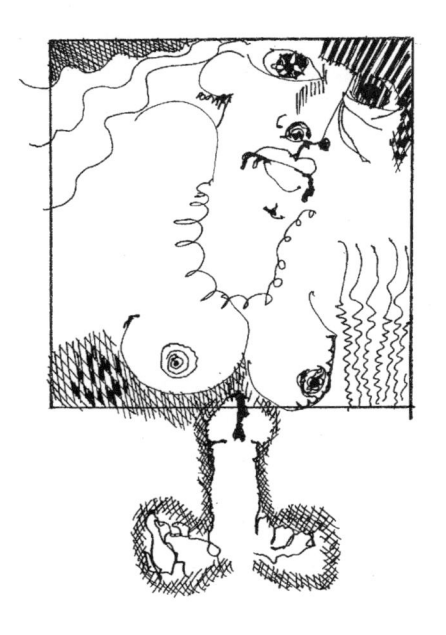

SALAMARGO

Salamargo, vinho doce.
Deus preparou o banquete
e entre os pastores sentou-se.
Soberano ele guardou
a linguagem do silêncio.
Quem seria o Besta-Fera
o Cramulhano, o Labrego
que o trairia com um beijo?
Bebeu do cálice bento
e água benta espargiu
e a hóstia consagrada
em te-déum abençoou.
E descamou, lento, o peixe
que um pastor lhe trouxera
e o untou de azeite doce
e repartiu os talheres.
Numa calma desmedida
extraiu vinho das veias
e das peras, o mesocarpo →

e o serviu na Epifania
sobre a toalha de linho.
Em seguida, foi-se às ruas
para benzer os insanos.
E deu de beber aos sedentos
E também aos perebentos.
Com Santo Óleo aos sarnentos
os untou e os benzeu,
em seguida, aos lazarentos
ministrou-lhes Sacramento
deu-lhes pão, e aos chaguentos
tratou de curar-lhes as pústulas.
Fez imprimirem em papiro
Os salmos e as homílias
que os recitava às famílias
que o aguardavam passar.
Ao banquete regressou
e um doce ar de embriago
(não de alcoóis, mas de afagos)
reinava, aparente, à mesa:
nenhum azedume ou gravame,
nem ônus fiduciários,
que à cizânia gravasse.
Mas deu-se que um vendilhão
fez-se o cão mais muxibento
e com a mais falsa bonomia
traiu com torpe disfarce
quem jamais o trairia.
Escarrou no cálice bento
e besuntou de salamargo
todos os tonéis de seus lábios
e ao Senhor da confraria,
com gosmenta hipocrisia →

deu-lhe o beijo mais purulento
que já se osculou numa face.
Tem nome, essa ignomínia
tem sobrenome, o disfarce.

LAVABO

Que te proteja e guarde
        a bata dos santos
e a manta azul de Nossa Senhora
e a cara escalavrada do Cristo de madeira
e a chama incandescendo a cera
e os vitrais mordidos
e os círios ardendo em azeite doce.

Que o teu anjo sejam
        as flechas transpassadas no peito do
                [santo Sebastião
ai! que te guarde
o vinho entornado na branca toalha de renda
e o lírio deposto
humilde e quieto
na boca do altar.

Et
pela mão guardada aflitamente na outra →

e o joelho dobrado
e a curva cabeça (dominus dominus)
o órgão e a surpresa
de ver-te mordendo-me o rosto
e esta salve-rainha lavando-me a cara
e este missal vetusto
e cada conta deste terço de prata
que beijo nem fora
partículas, cada uma, de teu esplêndido manto.
   Amen amen.

Que te agasalhe esta oração
que nem a seda o felpo e a lã
   dos santos martirizados.
Pela hóstia e pelo cálix
pelos anjos debatidos e sacristães conformados
pela dobra incendiada
da cúpula catedral
pelas pratas pelos ouros
pelos arcanjos medrados
pela rosa espaldada e medida.

   Amen amen.
Que o Senhor esteja convosco.

O DEUS QUE EU PROCURO

O Deus que eu procuro não o encontro nos
 [pontos habituais que freqüento.
É por natureza arredio, faz-me pouco da
 [existência e, quando me persigno,
olho pela banda do olho esquerdo para ver se
 [percebe meu gesto.
E ele, na sua altivez, sinto que se recolhe
[indiferente nas sombras e ignora a persignação
subserviente e medrosa
– que isso o constata meu olho direito, sempre
 [à espreita de seus mínimos gestos.
Tonto não é de assim mostrar-se como matéria
 [corpórea, táctil, visível a olhos nus.
Os púlpitos os recusa: age no vácuo, enquanto
 [administra o espólio da dúvida.
Sua invisibilidade e intocabilidade são o que,
 [resumindo, o justifica e explica.
O Deus que imagino preferir – e o moldaram de
 [tantas formas que às vezes me confundo – →

hoje talvez usasse uma calça jeans bem surrada,
[um baseado escondido nas dobras da camisa
e um laptop na mochila, desvairado talvez com
   [a missão inútil que lhe outorgaram cumprir
– ele que em seu calvário mesocárpico aloja,
[quem sabe, as torpezas mais abomináveis,
os desejos mais espúrios sem ter, ele também, a
                   [quem os confessar.
Esse Deus, que eu o queria tomando comigo
[um *bordeaux* gelado e ouvindo-me confidências
talvez esteja mais preocupado com debêntures,
            [com a queda da bolsa em NY
e antenado nas oscilações do dólar,
[negociando-os talvez em Wall Street
manipulando os marionetes que lambem as
[cascas de suas feridas, lambuzando-o de tédio.
Sei que blasfemo, mas não tenho outra
[alternativa diante de sua altivez esquiva,
de sua prepotência esculpida em madeira,
  [bronze e ornada em filamentos de ouro,
no panejamento de suas vestes, onde me
      [naufrago em dúvidas e rego óbolos
                  [que não pedi.
Sinto que meu esquivo Deus, definitivamente,
              [anda zombeteando de mim
ao despojar-me das poucas quinquilharias
[imateriais que amealhei, sem dar-se conta de
minhas perdas,
eu numa jaula quadricapsular, sem um
[interlocutor que me explique a lógica quântica
eu plasmado em quartzo, numa absurda
    [contemplação com toda essa enorme
         [futilidade que é a vida →

atento àquele dia em que pela primeira vez
 [ouvi uma Cantata ao som de um saxofone
soprado por um ser divino de unhas
 [alabastradas que pareciam expelidas
   [de dedos-estalactites
como se também harpejassem o bandolim do
   [outro deus a quem gestualizava a
     [oferenda de seu lamento.
E eu ali, apenas um poeta vagando abstratamente
 [nos labirintos quânticos de uma equação
     [mal resolvida
logo eu, meu Deus, que em vão diariamente te
 [procuro diagramado em som ou escultura,
corpóreo ou incorpóreo, não importa, mas
 [decodificando a mensagem em sua mais
     [completa clareza,
sem nenhuma elucubração, sílaba por sílaba,
   [palavra por palavra,
apenas a verdade, nua como a lápide sem data
   [ou nome que me pontua o sono.

POEMA

Senhora, dai-me esta água
e este pote de anêmonas
e a sombra transparente
de frutas cristalizadas.

Dai-me este vermelho
que jorra de vosso seio
e este torso de cristais
de vossas crianças servas.

Dai-me este mar por caminho
e vossos ventos soprados
que além espero o destino
onde me houverem marcado.

Dai-me esta reza em sussurro
e estas cores fundadas
há tanto tempo na terra: ➔

o ocre dessa forquilha
onde pendo
qual um pêndulo.

DAI-ME

Dai-me de beber, minha mãe, que tenho fome
dai-me de comer, oh meu pai, que tenho sede
e é tudo uma vontade indômita
e ao mesmo tempo difusa, opaca, ao avesso
                                             [mesma.
Dão-me de comer, mas me falta a fome
dói-me te beber, já não sinto sede.

AGÔ KELOFÉ

De repente você come a maçã
e a maçã apodrece em sua boca;
de repente você pulsa as veias
e uma borra de sangue suja seus dedos.
Você olha o altar: e círios incandescentes
denunciam apenas que os santos estão dormidos
e que sobre a grande toalha existe uma cama
                    [imunda de porra
e há um deus mijando continuamente sobre a
                            [sua cara
e há um bolo: há que reparti-lo entre os doze
                            [da mesa
e seu recheio é de fezes, e o homem que está
                            [no centro
se morde entre incertezas: quem até a cruz?

E de repente o homem se pergunta pelo
                            [teorema
e pelo esquema, pelo ócio e pelo afeto: →

Liturgia profano-sacrílega

no peito aberto em cruzes, se entrecortam facas
e as negras de peitos imundos e grandes
estão repartidas numa feira livre,
pra onde não trouxe um dinheiro sequer
(e outros, porém, com trinta dinheiros).

E não adianta o sentimento: a unha está
                              [encravada
o laço da gravata lhe aperta, o cinto é uma
                              [apertação infinita
e há sua dúvida latente, contínua, e chora.

Mas o choro é esse canto retilíneo:
há uma vaca ao seu lado, e suas tetas estão
                              [empedrecidas
e há um satélite rondando sua mente, e há mil
                              [mensagens
dizendo sim e não e talvez:
e computadores que lhe deciframa mente – e
                              [nem suspeita.

Sabe sim que há uma certa latitude, um certo
                              [capricórnio
e uma vaga esperança na via láctea;
há vésper que há de passar, e sobre sua
                              [cabeça mil letras
se misturam, e delas tenta a impossível sopa
que Carlitos engoliria sôfrego
(e nem tem bengala e nem fraque: só
                              [desespero).

Mas sobra-lhe o sentimento inarredável:
fizeram-se pontes, urdiram-se facas →

mas sobre a planície de seu pênis e de seu
                                    [coração
há uma palavra uniforme, que desenha a tiro
                                    [de espingarda:
dela sabe o gosto e o gozo e esperma,
                                    [chocolate
que lhe sangra e explode e desconfigura.
Sabe-as de cor, e ela o sangra.
Está morto, de olhos abertos. E começa a viver.

SALMO I PARA SÃO LUÍS

para Eneida

Se da paixão provei os passos
e do amor fui crucificado;
se Madalena condoeu-se de minhas penas
gravando em pano fino meu espanto e dor.
Se destes sais provei, e todo amargo
Reverti em fruta e vinho;
Mas estes crivos gangrenaram-me os pulsos
        mas ainda assim amei;
e por que amei, se havia nesse amor
um tanto de ferrugem, um ruído de dor? –
se colocaram vendas sobre o espaço de meu
                    [sexo,
e me admoestaram, e berraram infâmias
e sobre minhas costas espargiram águas
                [dolorosas
    e ainda assim ressuscitei no amor;
e no (campus santus) tombado na cruz, lancei
                [o último suspiro →

e, além do corpo morto, outros mais ecoaram
                    [nos campos de trigo
e minha mãe chorou sobre meus pés, enquanto
                    [mulas fantasmas
pastavam o meu fardo –
    e ainda assim amei.
Andei por sobre águas, e na Galiléia
espargi incensos, crispei-me em fogos
        (isso porque te amei:
        e desse figo hás de provar a casca,
                [a semente, o fruto
        que renascerá em cada salmo de terra,
        em cada versículo de teu corpo,
        em cada anátema ou cálculo atômico,
eu partícula sazonada, eu esterco de gozo,
                        [eu sêmen
eu tuas entranhas, tua cólica e solução,
(e vagueias, apóstolo, por sobre meu
            [qorpo-santus).

RECEBENDO VISITA

Queria que chegasses
mas com os girassóis ainda viçosos largando
        [néctar por sobre a mesa mineira.
Que, do fogão recendendo a louro, a carne
   [(naufragada de véspera em vinha-d'alhos)
ainda arfasse na gordura; assada e ao molho
      [de ferrugem, me lembrando as
           [domingueiras em Ramos:
Ele, em pijama listrado, colocando o saxofone
   [aperolado sobre a pele também ferruginosa
           [que nem o molho,
seus choros subindo as escadarias da Penha, se
   [espraiando pelos arraiais e distritos adjacentes
e beatificando a tudo e a todos, como um
   [turíbulo prateado espargindo incenso –
Ele agora paramentado com as vestes
    [cardinalícias, o solidéu coroando a
         [cabeça esculpida em mogno.
Queria sim que chegasses com as samambaias
    [choronas despencando suas ramas verdes →

pelos compartimentos da casa, igualmente
                          [olorosa.
E faríamos pelotão fradinho e arrumadinho-
    [de-feijão verde e carne-seca, ardendo
                          [em pimenta –
e bolo de milho à mesa, e o coração disposto
           [em toalha antiga, dessas de renda
e algumas flores de papel crepom, aquelas de
                    [aparente mau gosto,
naquele antigo vaso de prata quase tão antigo
                           [quanto eu.
Casa, sim – na sua arquitetura simples, clara e
                    [cautelosa, sem arrojos
com talvez um painel de azulejos com São
           [Jorge guerreando em seus dragões
e a casa, como eu, tentando decifrar suas
                    [próprias esquadrias,
como um aprendiz que vai às tabuadas, ao
    [quadro de ardósia, ao giz e lápis de cores,
reaprendendo as vogais e consoantes de um
                        [sentimento novo.

FADO

Venha ao seu jeito, mordendo
as ruas por onde passa:
e estroçando as vidraças
com esse olhar debochado.

Venha fazendo arruaça
olhando avesso ou de lado
arrastando as sete saias
com esse andar rebuçado.

Com sianinhas e rendas
bem devagar pespontou
uma a uma as sete saias
de chita, renda e cambraia;

e as tascas e vielas
dão-se conta dessa graça
e de gosto à esparrela
bebem veneno nas taças.

E passa, repassa, volteia,
seu vinho verde embriaga
e ela o serve a mancheias
mas não o bebe: só traga.

E arma outras trapaças
com seus raros sortilégios
e desafina a guitarra
e bebe em tachos do Tejo.

POEMA

Vontade de ser ninho
ou coisa assim que te abrigasse
contra tudo que conspira
sobre ti.
Contra o vento contra a chuva
contra todos os olhos e desejos disfarçados
vontade de ser ninho
      ou criança
e dar-te todos os brinquedos importantes
a boneca que chora
o trenzinho de fumaça e apito
o caleidoscópio
onde multiplicarias todas as formas coloridas
necessárias ao teu encantamento
ser criança
ou, talvez, tudo que não fui.

CONJECTURAS E REFLEXÕES
ESQUECIDAS NO SÓTÃO,
DENTRO DE UM EMBORNAL

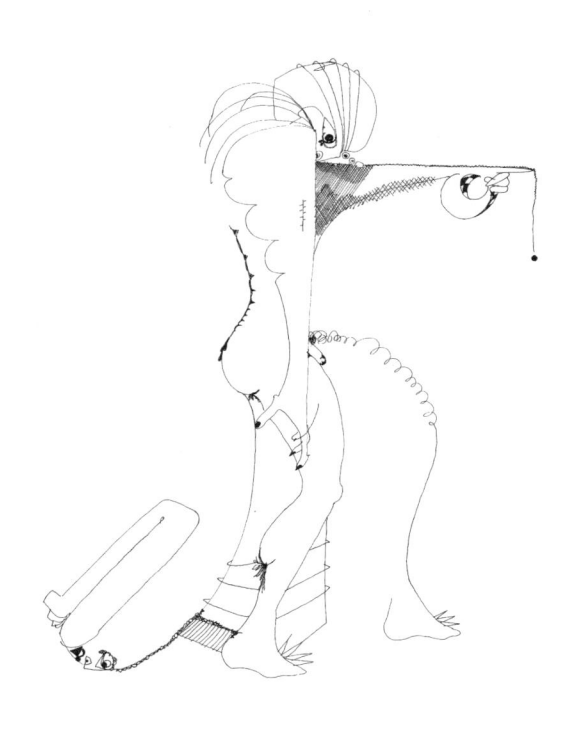

LABIRINTO

Acho bonito falar alemão.
Por isso, talvez, eu não queira aprender a falar
                              [alemão.
Se eu falasse alemão
as pessoas iriam dizer, simplesmente, "ele fala
                              [alemão"
e aí perderia toda a graça.
A graça está em achar bonito falar alemão.

Por isso, às vezes,
eu deixo de fazer algumas coisas.
Deixo de dizer que te amo
porque dizer que te amo soaria como uma
                              [banalidade a mais
nesse mundo cheio de banalidades
e onde habito eu, um poeta das banalidades.
E simplesmente me calo, deixo a barba crescer
escrevo poemas para depois apagá-los de
                              [minha lembrança →

e esqueço coisas que seriam inesquecíveis
simplesmente porque perdi a capacidade
de reter as coisas boas em minha memória.

POEMA

Nesse espaço que existe
entre a face e o espelho
que mistério haverá?
que abismos ou sofismas
nessa paragem metrada
(subterrâneo ao avesso)
que não se reflete e, neutra,
desafia?
que formulações terá
esse espaço ignóbil
sem manchas ou jaças
e que superfícies transparentes
ocultará?

Espaço sem memória
passagem sem luz ou vento,
tua invulnerabilidade
revela o vidro embaçado:
não te inoculou o hálito
não te devassou o olhar.

CONJECTURA

E a memória, é pedra?
Como decifrar o enigma
se nos perdemos de nós, continuamente
e se há sempre duas noites para cada dia?
E a memória, é pedra
lavrada? ou, se
esculpida – quem a moldou?
E vale a pena reter
o que não sabemos
ser ou não ser?

POEMA

Não faz-se o ódio assim, durante.
Talvez, quem sabe? mais adiante
quando o amor acaba, e tudo desmorona.
Mas durante não: que seja amena
a relação que o amor-e-ódio estabelecem:
pois é inevitável que a fome se incandesça
e o ato antropofágico, depois, prevaleça.
Mas não durante a refeição:
que as amoras sejam frescas
e o vinho saiba *sauvignon* aos lábios
e o cristal dos copos brinde
(embora falsamente)
ao que, a duras penas, ainda sobrevive.
E seja falso, enfim, enquanto dure
e não seja eterno tal sofrimento.

FACE À FACA

Só o amor constrói, que mentira!
O amor destrói por onde passa:
cria vincos na alma, estrias e varizes
pelos buracos do corpo onde se aloja.

O amor, enfim, é feito de mentiras
que se constroem em forma de verdades
(provisórias verdades, feitas de fuligem).
Que vão se repartindo em mil metades.

O amor, por natureza, ele é indecente
de uma indecência atroz, quase demente;
É doença que rói (e rói silenciosamente)
Prometendo céus de felicidade.

Só quem o amargou, sabe-lhe a vertigem
só quem o provou, sabe o que amarga;
ainda assim é mais que uma dádiva,
talvez, quem sabe?, a própria recompensa

por tudo que matou ou mata em seu caminho
mas que logo adiante, já renasce
combatente feroz, quase inimigo
que só se combate face a face.

GUERRA SANTA

Se um dia você for recrutado para uma guerra
e acreditar piamente nos argumentos de seus
                      [arregimentadores
sem duvidar um minuto sequer dos reais
           [motivos que a fizeram deflagrar;
e se você, amando as armas e os fardamentos,
           [disponibilizar-se para o sacrifício,
procure olhar, antes de prestar juramento, no
           [mais fundo dos olhos do seu aliciador.
Pergunte se tem filhos ou netos e, se os tiver,
quantos deles foram recrutados para a mesma
                           [guerra
e se estão partindo de livre e espontânea
                         [vontade,
e se partilhariam com eles da mesma barraca de
                        [campanha
da mesma lata de salsichas e de iguais doses de
                        [insulina
ou, não custa perguntar, se ficarão →

apenas logisticamente instalados num posto
    [burocrático longe da zona de conflito.
Pergunte também, na hipótese de algum deles
    [tripular um tanque de guerra,
que tipo de música ouvirão nos *walkie-talkies*
[gentilmente instalados pelos senhores da guerra
para amortizar o tédio e amortecer o estrugir
    [das bombas que detonarão
e também para não sentirem repugnância ao
    [sangue que jorrará em suas fardas
quando seus mortíferos certeiros atingirem, na
    [tela policrômica de alta definição,
os alvos já familiares aos seus olhos,
    [acostumados aos *games*
que a indústria estrategicamente instala perto
    [das escolas, à guisa de entretenimento,
e também nos bares e nos grêmios recreativos,
para atiçarem nos jovens o prazer pelos conflitos
    [armados, tão sedutoramente culturais.
Pergunte também, por via das dúvidas,
em quanto estarão seguradas suas mãos se
    [elas, porventura, forem amputadas
no manuseio impróprio de uma bomba, ou de
    [uma eventual cegueira ou septicemia
    [provocada por gazes mortíferos
essas mãos que lhe dão prazer quando
    [manipulam seu membro ainda viril
E também o valor pecuniário pela perda total
    [de vida,
o quanto sua família receberá de pensão do
    [governo e quantas medalhas terão
para pendurar nas paredes, junto ao seu retrato
    [– você jovem e sorridente, no auge
    [de uma vida precocemente ceifada. →

Se, ainda amando a guerra e os armamentos, e
    [se ela for mais compensadora que a vida
        [miserável que você leva
em seu gueto onde faltam comida e amor e
    [sobram armamentos e drogas e
    [subempregos no mundo do crime,
ainda assim, pergunte se haverá máscaras
    [suficientes para abafar o fedor dos
        [cadáveres metralhados
que se espalharão pelas ruas, atravancando
        [sua caminhada.
Pergunte se o cheiro nauseante (que o
    [acompanhará pelo resto da vida)
será um dia extirpado por algum novo perfume
    [a ser lançado por alguma subindústria da guerra
no circuito comercial para atenuar esse cheiro
    [que fica impregnado na alma –
e quanto ele custará aos bolsos do contribuinte
    [em pesquisas, testes em pacientes terminais
e se haverá algum colírio para apagar da retina
    [a imagem dos cadáveres que você fabricou
(claro que em nome dos ideais mais nobres).
E se haverá, também, um tampão feito de
    [resina especial
para abafar o choro das crianças que seu fuzil
    [ajudou a ficarem órfãs:
um choro intermitente, que fatalmente arruinará
    [com seu sono para o resto de seus dias –
se você sobreviver e puder exibir aos seus
    [filhos e netos as medalhas que ganhou,
a perna mecânica que o governo lhe deu com
        [uma polpuda pensão
que pagaremos de nossos bolsos e com nossa
    [alma apodrecendo em desgosto.

DOR

A dor é essa:
que põe o bicho-da-seda
a coser-nos o estômago;
que planta a dúvida
e rega-a de veneno
e nos faz assim, pequenos,
diante do espelho que acusa.

A dor é essa:
que em pêlos e garras
de repente se empluma
e não mostra suas amarras
mas que trama, no escuro,
as mais vis trapaças
e ardila mil artimanhas
mas abafando seus gritos
sem promover arruaças.

A dor é essa:
que o amor empardece →

e de nós apaga a chama.
Se tanto dói, pra que sofrê-lo?
E se apaga, por que avivá-la?

E me enrosco
de novo
no novelo.

DESMEDIDO PRAZER

Desmedido prazer tão mal medido
que ao se comprazer, logo um outro abriga.
e ao segundo e ao terceiro sucedem-se mais
                [outros que, em vertigem,
extrapolam em peso e em medida
aqueles anteriormente usufruídos.
É um ginete que, medindo a pista,
sabe, com quantos corpos de distância, seu
                    [cavalo perder.
Mede o risco: as crinas do potro se ouriçam, as
                [patas escoiceiam no ar
e a estupidez do jogo coloca-o na dança
e no desmedido prazer, perde a corrida
e acostuma-se a perder, e de tanto perder,
                  [nunca se cansa
da corrida.
(Desejo desmedidamente
e não meço o que almejo:
faço-me de tonto ou de esquecido →

e com arco e flecha me alvejo:
atirador e alvo ao mesmo tempo.
Suicido-me a cada instante e ressuscito
à beira do abismo.
Desmedido prazer que me tosa a crina
e quando tudo e nada se confundem, tudo acaba
e galopo de novo o vil prazer.)

POEMA

Os loucos, sei que os entendo.
Por acaso quem me sonha
os pesadelos que tenho?
Quem acorda aos sobressaltos
participando do enredo
das lutas em que me embrenho
em meu sono pavoroso?
Quem adoece risonho
senão eu, com vil disfarce?
Quem oculta sob a face
a lâmina enferrujada
que abate os bois em silêncio?

Não me pensem um maldito
que traça a insônia a medo
e a carrega em alforje.
E se mordo os travesseiros
é para abafar os gritos
que os armazeno: azedos. →

E são gritos pavorosos
que ecoam pelos meus sonhos.
Aos loucos eu os acolho
porque a eles entendo.

A LINGUAGEM DOS TONTOS

Para Dr. Monge de Lara

A linguagem dos tontos
não é a dos mendigos, dos bêbados ou dos
                              [infelizes.
É a fala atropelada e gaga dos desarticulados
incapazes de montar um quebra-cabeça
ou atirar pandorgas ao vento
ou solucionar uma equação bem simples.
Os tontos não falam através dos gestos nem das
                              [palavras:
agem subocultos sob um código cifrado
de dubiedades e evasivas encruadas,
agem por entre sombras e chuvas de absinto
enebriados com as próprias fugas que
                   [engendram de si mesmo.
Fogem: mas fica sempre o passaporte exposto,
o número do vôo e o da cadeira onde irão
                            [sentar-se: →

porque o vôo e a cadeira serão como a foto
                        [em sépia
que se exibe, desfoca, no passaporte surrado.
E o destino do vôo é o que se sabe.
(Ou não sabem, ao certo, o destino de seus
                        [próprios vôos?)

(Son tonterias esas que me hacen llorar por
                        [todo el tiempo.
No por ellos, ni tampoco por lo que hacen:
es por saberlos como palomitas que no tien alas
y no conocen el rumo de sus vuelos)

E por não saber equacionar tal pesadelo
durmo o mesmo sono insensato desses tontos.
E vivo, sempre aos sustos, por demais sabê-los
que à minha volta, circulando loucos,
alternam meu plano de vôo e o meu destino
e me tornam refém de seus desmazelos
subalterno a eles, e igualmente tonto.

POEMA

O amor é um abricó-de-macaco encapsulado
                       [durante algum tempo,
aguardando a estação para florir.
Me adormeço com as palavras que sempre te
                       [disse de forma imprecisa
Deve haver um tempo exato, que o desconheço
Mas sei que os abricós-de-macaco foram feitos
                               [para florir.
Dizer, para mim, faz-se bem difícil.
Porque elas, as palavras, são essas águas que
                       [escorrem por tuas cordilheiras
São como um abricó-de-macaco prestes a se
                                   [abrir
E ficam, centenas deles, encapsulados dentro
                                   [de mim
como esses biguás que um dia
pousaram em bando sobre teus ombros,
                             [lembras?
e eles continuam invisíveis para os outros e
                         [não para mim →

bicando o alecrim de teus dedos, a tua
[timidez acetinada
fina armadura que te protege, mas de quem?
[Talvez do medo
que instalaram à tua revelia
como certos abricós que teimam em não florir.

QUÂNTICO

1

É quando o amor não move um músculo do rosto
e nem se franze a testa, e a língua torna-se
                        [apenas uma língua
áspera, que não sabe diferenciar, no palato, a
                        [alface da pimenta.
É quando a mão, num instinto de defesa,
        [apara a possibilidade de um soco
desferido por mão raivosa, mas desprovida
                        [de empuxo
e ela, aos poucos, vai se fechando até se
                        [tornar muralha
e muro de arrimo para a solidez de qualquer
                        [outro soco.
Que nome tem, afinal, tal movimento?
            [Dentro da quântica?
E quanto de espaço, enfim, ocupa esse quanto?
Como especular se os escaravelhos têm alma? →

Ou, se além do infinito do mais infinito dos
                              [infinitos,
quando, e em que átimo, configuraram um
                              [outro arco-íris?
Seria ele visível a olhos nus apenas perceptível
                              [numa quarta dimensão?
E é esse quando e quantum que entre ciência
                              [e teoria flutuam
que me tornam insone quando estou com sono
e que me atira ao sono quando estou aceso
e me desvia do soco, ainda que metafórico.

2

Enfim, sei que amo.
Mas falta-me ao amor... o que lhe falta?
Decifrá-lo, talvez, em termos quânticos
(quando mal sei, confesso, o que é a quântica).

3

E volto, enfim, ao ponto inicial da estrada:
grafitaram as setas, mudaram-lhe o rumo
e onde era norte, lembro vagamente
que havia um pôr-de-sol incandescente
e uma vaga esperança de plenilúnio.

Sim, e o soco?

POEMA

Tímido amor esse, que atrevido,
guardas por entre os dentes, mastigando
o sorriso que se infiltra de luzes e espantos
quando te arpejo a pele, e te risco a giz
a pele de tuas ancas.
E esse teu riso aberto com que me ris
parece um arco-íris despontando
e já te vejo ao longe, esvoaçando
por entre adeuses, como um trem partindo
sobre trilhos invisíveis flutuando.
Te vejo meu destino entrecruzando
como farpas de ondas, nelas velejando.
E és como um naco de gelo derretendo
ao sol que te despejo, iluminando
o que por si é luz, flor de lótus se espojando
de tudo eliminando o que era lúgubre.
Tímido e sedutor, fazes tua antítese
e te teces de rendas em gotas prateadas
sabendo-se, enfim, dono de meus flancos
e ardilando, no escuro, a tua trama.

POEMA

Tímida, talvez
quem sabe louca?
Minha alma
é feita de veludo
e à luz do sol
reflete-se pouca
ou mesmo nada.
Apenas quando o veludo dobra
a dobra reflete uma tênue névoa prateada
que nem chega a ser reflexo de nada.
Por isso, e talvez, aveluda – quase opaca.
Valsa minha alma
a três por quatro
mas perde o compasso
se lhe alisam o pêlo.
Minha alma treme com desvelos
desabituada que está a um afago
E valsa, então, a seis por oito
Mas não valsa além de quatro compassos.

Minha alma é similar àquela mulher *do lar*
mulher que espera o tempo
escoar.
Igual ao samba-canção, tem a alma em chamas
e essa mulher areia, limpa, encera, pinta e borda
e, a bordo dos seus sonhos, incendeia
o lar.
E é por isso que pesponta uma cortina de
       [veludo e a prende em argolas
enquanto passa um café para uma improvável
       [visita que pressente à porta
e nunca será o carteiro.

POEMA

As pessoas se assenhoram
das outras feito posseiros
que fincam seus nomes na terra
e as compram por trinta dinheiros.

E depois os indecentes
com sangue engraxam as botas
e pisam, altitonantes
quem ousa cruzar suas rotas.

Somos nós esses intrusos
que os deixam sanguissedentos,
urdindo novos cabrestos
e tornando-nos prisioneiros

de seus catres purulentos
vergados às suas chibatas
que os párias nos vergastam
com riso frouxo, risadas.

É com tal matéria-prima
que besuntam a engrenagem;
com o pólen dos nossos sonhos
(tonéis de suor e lágrimas).

E vão polindo seus chifres
cada vez mais reluzentes
e ainda riem, os indecentes
com as artimanhas mortíferas

que a nós, os despossuídos,
promulgam sermos escravos
e ao preço mais vil do mercado
por eles somos arrestados.

E com lingotes de ouro
abarrotam os seus cofres
e mercadejam sorrindo
o espólio espostejado.

Mal sabem esses posseiros
que os temos a curtas rédeas:
agimos que nem as carpas
que, embelezando seus lagos

volteiam e, silenciosas,
mais sonsas que seus donos,
expelem gosma venenosa
infectando suas águas.

E as frouxas dentaduras
logo perdem o sorrimento;
e tontos à vertigem de altura
tombam dos seus monumentos.

COSMOGÊNESE

Liça e asa
ferro e brasa
vieram depois.

Antes, apenas,
doze açucenas
partidas em dois

caules; e era
não primavera
chovia sem que

pressentimentos
ou sentimentos
tolhessem o tempo
havido para o amor.

(exegese:

tinha na asa
vespas mordidas;
nos longos braços
incêndios azuis:
o exercício da fala,
viola d'amore;
gnomos sazonados
trajando nardos
na pompa da roupa
habitavam-lhe os olhos;
mil sedimentos
de rochas e águas
secavam na rama
da grega cabeça;
ferviam cabelos
e era sedente
de afago e perdão;
a lábil oferenda
de sua mão estendia
a quem lhe quisesse
tocar co'a mão;
      viera de há muito
de um tempo esgotado
e a explicação
jamais aspirara;
zoada de ventos
ainda lembrava
e a grande mão
pensa e ferida
no fervo horizonte
e a doce cantiga
de um rio de larvas
brotando da rocha →

onde abrigava
seu corpo nascendo;

e o uirapuru
do ovo partindo
a casca vermelha;
lembrava também
ardera em piras
fora tumba e altar
e que escorrera
em chuva nos campos
e mordera lábios de escravas;
lembrava vestira
legiões de arcanjos
e fora cristão
soldado em cruzadas
armadura resplandecera;
                       lembrava
morrera seiscentas vezes
seiscentas mortes
que agora
pesavam-lhe o fardo;
lembrava e chorava
o tempo escaldado
no corpo que é tempo
                de amor).

POEMA

Onde eu possa dormir sem esse ruído de amor
sem essa convulsão imensa de crianças
                    [chorando
e cães ladrando na madrugada sem bondes e
                    [sem assaltantes.
Longe, muito longe, onde o sono das crianças
só é interrompido pelos guizos dos trenós
                    [dourados
e rodas-gigantes coloridas e palhaços de papel
                    [crepom
e caixinhas de música e trenzinhos de apito e
            [papagaios de papel de seda.
Onde o olhar só pouse em tudo que sereno e
                    [bem amado.
Onde eu possa dormir sem sobressaltos
o grande e solitário sono dos navios nos
            [diques mal iluminados.
O sono tranqüilo e sereno das estrelas-do-mar
            [no fundo das águas claras.

VAGO POEMA

Quero voltar
para aquele lugar
onde sei que não estive.
Devia voltar
para entender o que não entendo,
sair de onde estou
por saber que não devo ficar, simplesmente.
Vai chover outras vezes,
eu vou ficar com a cabeça molhada
molhado o corpo molhada a alma
sem abrigar-me
por não ter onde.
Devia voltar para o lugar
onde a chuva cai sempre,
onde todas as janelas dão para a rua
e onde as coisas são como são
e são como eu não sei.

POEMA

Faço de um tudo pra você desgostar de mim.
Porém me lês o avesso e ao avesso, transverso
                             [e desconexo,
disperso no turbilhão de meus sentimentos
                             [opacos.
E retiras de meus olhos as pupilas como um
                             [reitor obstinado
que me chupa o cristalino e a minha retina dilata
e furta meus cílios postiços
que os comprei em Miami numa *store* em
                             [liquidação
e, impudoroso, me subjuga sob as botas mal
                             [engraxadas
e limpa seus dentes podres com esporão afiado.
Bambalalão senhor capitão de espada na cinta
                             [e porrete na mão,
confesse: em qual esquina deitaste a gamela
                             [bruxelenta,
e em meu nome ao cramulhano me fizeste a
                             [petição? →

Que mania essas pessoas têm de me trazer
                    [aflição?
eu que chuto estrelas e vivo a tropeçá-las que
                    [nem centopéia bêbada
elas que, incautas, se espalham pelo chão, e
        [entre buxiquis e os alamares, atropeláveis
eu que nunca fui orestes nem bilac, como vê-las
                    [ouvi-las perscrutá-las?
E com esse uniforme sujo? Capitão!? Quem
        [decapitas sem dó e sem compaixão?
E quem lhe disse que eu tenho que lhe dar
                    [meu coração?
Sou um amontoado de lânguidas e antigas
        [valsas emolduradas em casas alheias
Sou um vaso de samambaias com água
                [empoçada com mosquitos
                [transmissores da dengue
eu sou a flor e o espinho, a flor do espinhal;
sou o cachorro ganindo no escuro, a tal flor
        [do mal, o malmequer, o mal-te-vi
soldado na falange dos desorientados, da malta
            [dos perdidos, sou a escória e o lixo
diamantino e cáscara de um vidro lascado e sujo
por vezes candeeiro ou parelha de um cavalo
                    [trôpego e troncho
que não se deixa examinar a sedosidade do
                [pêlo, a crina, os dentes –
a que não decifrem o seu indecifrável, ou o
                    [ofereçam a prêmio
a que não o galopem, enfim, os desatinados.

Diga-me, Mon'Senhor Capitão: quem me
                [acende um apagão? →

Quem incendeia meus ventos e me provoca
                                    [um tufão?
Me pergunte a quantas léguas disparou meu
                                    [coração?
Me pergunte se existe problema com solução
e candeeiro que acenda sem óleo de
                                    [combustão
e amor que não desate com tanto nós e um só
                                    [botão?
Quem me trança que nem mosca nos pés de
                                    [uma prisão
E depois me aprisiona em boléia de caminhão?
Me faz cós de sua farda, forro do seu matulão
ditongo de seu nasal, bão do seu bambalalão
refém do seu desasseio, da sua devassidão?
E ao depois, sonso, me diz: faz assim
                                    [comigo não?

A PLUMA

Do pássaro, a pluma
o vôo e o canto.
Da água o limbo das
pedras, e as pedras,
o leito suarento
as algas, a concha
e a rama.
(Também das sombras
a rama.) Mas do
pássaro, só do pássaro
          a pluma.
A forja, do operário
a terra, da planta
mas do pássaro, a pluma.
Do pássaro o azul
        qualquer azul.
Se a pluma cai,
ainda é do pássaro
convém não tocá-la. →

Se cai, de medo não é
de tédio, tampouco.

      (tédio de vôo?
      medo de pássaro?)

Do pássaro, a
pluma inda é.
De um pássaro, se
a pluma cai,
às brumas se fecham
e onde passar
verbo de encanto
há de deixar.

A luz sinuosa
que dela espargir,
será de pássaro
      luz de pássaro
luz de ausência,
a pluma do pássaro
do pássaro inda é.

POEMA ESTAPAFÚRDIO

Para Helton Altman

Eu nunca soube contar histórias.
Eu, a bem da verdade, sempre que posso
 [esqueço minha própria história
não porque a ache desimportante para mim
 [ou desinteressante para os outros
que nada têm a ver com minha antiga casa
 [com porões habitados por lobisomens
nem com as fadas que vinham à noite com
 [doces de leite escondidos na algibeira
para naufragar-me em delírios, eu sobrevoando
 [nuvens.
Também mal me recordo dos anões do circo,
 [do homem-bala e da mulher barbada
porque nos circos que eu freqüentava havia
 [apenas um homem que tocava violino
 [sobre uma corda
e muitos anos depois o surpreendi tocando
 [sobre um telhado, ao lado de um boi. →

E eu só reveria essas coisas bem mais tarde,
        [acho que nos filmes de Fellini.
Lembro sim, e muito mal, dos palhaços de
        [sapatos enormes
e calças que despencavam e suspensórios que
        [eram também atiradeiras – ah!
e lembro sim da banda que tocava um dobrado,
        [de um cão amestrado
e de uma Paixão de Cristo com uma Nossa
        [Senhora com sotaque nordestino.
E também (e apenas disso eu lembro com
        [mais nitidez) –
Havia tufos de algodão-doce que vendiam à
        [entrada do circo
E o vendedor era também o palhaço, e a
        [bilheteira era a trapezista.
Lembro, pois é para lembrar que estou aqui
        [me escavucando o pensamento,
que em meu quintal (ia dizer: jardim) havia
        [um limoeiro
e que sob ele eu sonhava que um dia seria um
        [rei contador de histórias
e me enrolava em lençóis, e minha irmã se
        [fantasiava de alguma coisa que
                [não me lembro
e armávamos a lona do teatro com os lençóis
        [da casa
que depois minha mãe, certamente, recolheria
        [resmungona para lavar em sua tina.
Por isso eu nunca soube contar histórias,
porque meu enredo é sempre incompleto e
        [meus personagens difusos.
E meu personagem mais impressivo era a
        [mulher judia exposta no velório infindável →

e a vaca leiteira e os vasilhames, de um latão
   [grosseiro, que recebiam o leite espumoso
e era dona Cristina subindo a ladeira, sempre
            [vestida de branco
e uma louca que cantava com uma voz que
       [ecoava pelas varandas da rua
enquanto o sorveteiro apregoava um creme e
      [chocolate que ela extraía de uma
       [catimplora de folha-de-flandres
e havia também a casca do sorvete que era
      [ainda melhor que o próprio sorvete
que me lambuzava os olhos e a língua, que
   [nem eu me lambuzava à noite, sozinho.
Lembro, isso eu lembro, do tempo da guerra e
   [do susto que me causavam os documentários e
aquela montoeira de judeus empilhados junto
        [a um poço sem fundo –
E é talvez por isso que meus lobisomens usam
        [fardas e ostentam suásticas
e invadem aos berros os meus sonhos e me
                [aniquilam
e grudam esparadrapo na boca dos palhaços e
     [roem as cordas das trapezistas
com seus tridentes de aço e fazem rapel pelas
   [minhas encostas e praticam rapinagem
levando embora minha coleção de piões de
      [madeira e carrinhos de corrida.
É tudo que sonho, e por isso não sei contar
         [histórias como todos contam
porque contá-las seria desfiar sofrimentos
       [inúteis, com lições sem proveito
           [pra ninguém. →

Nem rezo: deixo o terço escorrer por entre os
[dedos, e fico à sombra do limoeiro que, acho,
ainda existe no quintal daquela casa que talvez
    [ainda sobreviva, ela quarto-e-sala
um relógio redondo na parede, uma pequena
        [mesa também redonda
e minha mãe ensinando a seus filhos a rodar
          [pião.

POEMA

E pulsou na pedra
um desejo de rosa
(antigo desejo
vindo de um tempo já extinto)
E o canto corporizou-se e soou profundamente.
(Tanta tristeza não seria assim que um dia não
[acabasse)
no rumor de seus pés (vagovento)
exéquias de tempos soterrados
sob estrelas explodidas.
Tudo sabia, mesmo
os segredos até então impenetráveis os trazia
decifrados
no manso olhar de arlequim.
O templo de seus andrajos
fulgia sabedoria.
Poeta, o mundo
lhe tinha um certo respeito,
pois tinha os olhos abertos →

para uma paisagem que só a ele se mostrava
nua e pudica
inflada de encanto.

PARA ZÉLIA

Digamos que é uma chuva tênue
que não exige capa nem guarda-chuva:
suportável no seu vento brando, embora
                              [incômodo,
que me fustiga a pele da alma
até com algum cuidado, sejamos justos: quase
                              [com doçura.
Mas estou chovendo, e há uma vida lá fora
que teima em não bater à minha porta
mas que embaça meus óculos
eu e a visão míope que tenho desse mundo.

À vista pelo menos, nenhum temporal ameaça
desabar sobre minhas colinas.
Sábios informantes me aquietam informando
                              [que o vento noroeste
hoje não rugirá, nem o do sudeste
que nessa época do ano costumam, os dois,
ser ameaçadores aos navegantes. →

Um ou outro inseto
é que teima em me circundar os cabelos
talvez por vê-los algodoados, ou
por alguma improvável razão que nem vale a
[pena pensar
neles procurem abrigo, sabendo-os ninho de
[aninhaça.
Porque chove, e é o que importa – e os insetos,
[afinal,
por alguma razão um deus os pôs no mundo,
[dando-lhes serventia
(a de, pensando neles e os afugentando,
esquecermos momentaneamente que estamos
[chovendo
sem apercebimento alheio, com a discreta dor
[que feito um esparadrapo
esconde a ferida, e o filete de sangue que dela
[escorre).

POEMA

Como secar as palavras
se elas entornam de minhas mãos
indiferentes ao meu gesto controlador?
E controlar as lágrimas, como fazê-lo?
se elas insistem em brotar como filetes de água
se anunciando cachoeiras ridículas, prestes a
                              [desaguar rio acima?
Como ressecar os sentimentos
que umedecem a minha alma e parecem
                              [brotar de novo
do pano de chão com que as esfrego, cônscio da
                              [inutilidade do ato?
Difícil é o ofício, disse o poeta.
Mas viver, meu Deus!, também
como é difícil!

DOCUMENTAÇÃO
E ICONOGRAFIA

> A Hermínio Bello de
> Carvalho, derrame, sim,
> a sua poesia — não
> ligue para a "contenção"
> — e seja você mesmo
> com muita alegria.
> Um abraço de
> Clarice Lispector
> Rio, 18 maio 1964

Bilhete de Clarice Lispector (1925-1977) ao jovem poeta Hermínio, encontro ocorrido na casa do escritor Pedro Bloch, em 1964.

"Aria e Percussão" — Hermínio Bello de Carvalho

O livro tem nome de música, e é música. Chega de-repente, entra pelos olhos, acorda os ouvidos, pára, continua, ressoando, envolvendo, pondo reflexos na solidão que criou. Clarão tornado sombra. Sombra tornada clarão. Silêncio dissolvido em alma...

Álvaro Moreyra
11 agosto 1964

Bilhete do jornalista Álvaro Moreira.

Hermínio Bello de Carvalho
de tal modo vive abraçado
à doce música sua amada
que não se sabe onde termina
ou de onde brota a luz divina
sobre o seu destino pousado.

Hermínio Bello de Carvalho
é som cantante, ultra-afinado
que sobre o desamor dos ruídos
sobrepostos à natureza
sabe erigir a arte feérica
de um fluido estado de beleza.

Carlos Drummond de Andrade
Rio, 27.3.1985

Poema de Carlos Drummond de Andrade, dedicado a Hermínio Bello de Carvalho, em seu aniversário de 50 anos.

Com Carlos Drummond de Andrade, a quem conheceu pessoalmente na década de 1950. A aproximação deu-se na década de 1970, por meio de correspondências.

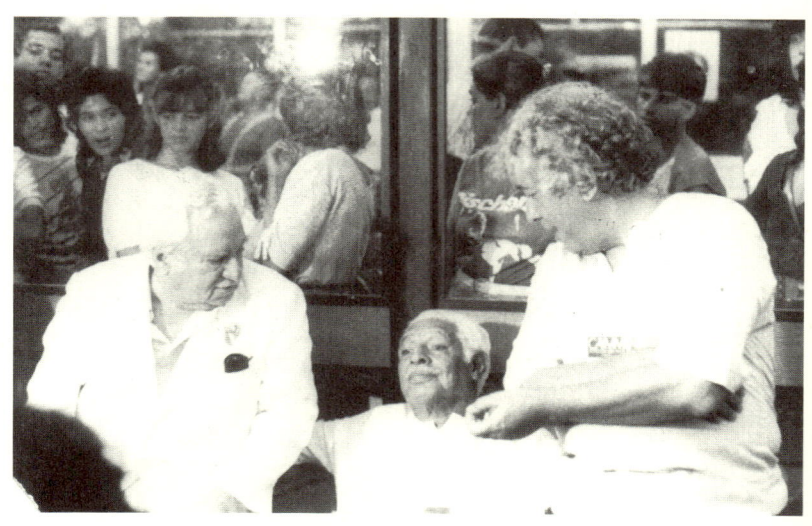

Com Jorge Amado e Dorival Caymmi, no aniversário de Caymmi na década de 1980.

Com o poeta Zé Bento Ferreira Ferraz, secretário de Mário de Andrade, ambos paixões de Hermínio. Foto registrada no lançamento do livro *Contradigo*, em 1999, no projeto Boteco do Cabral.

"Consola a visão dos 17 e 19, casas (da Hermenegildo de Barros) datadas de 1896, dominando pela sua autenticidade. São de platibanda, dois andares e térreo habitável. A porta que sai do rés da rua tem a altura do térreo até a linha superior das janelas. Lembram certos sobradões da Bahia" (Pedro Nava, in *Galo das Trevas*, José Olympio, 1981).

A casa nº 19 da Hermenegildo de Barros, onde morou o poeta, já não ostenta a porta original de madeira, que foi substituída por uma de latão. Foto de Geraldo Rocha, de julho de 2005, atesta a adulteração.

O MENESTREL

JORNAL MAMBEMBE DE POESIA
DIREÇÃO DE HERMINIO BELLO DE CARVALHO

POEMA

ESTAVAS TÃO IMÓVEL DENTRO DA TUA TRISTEZA
QUE O VENTO BALANÇOU OS TEUS CABELOS
    E TU NÃO SENTISTE;
A MÃO DA LUA ACARICIOU O TEU CORPO DESAMPARADO
ATÉ O MOMENTO DO SOL NASCER
    E TU NÃO AGRADECESTE.
AS ESTRELAS DESCOLARAM-SE DO INFINITO
E OS TEUS PÉS NÃO SE ALEGRARAM;
OS PÁSSAROS ABANDONARAM OS SEUS NINHOS
E CANTANDO VIERAM LEMBRAR AS CANÇÕES DA TUA INFÂNCIA
    (E OS TEUS OUVIDOS NÃO DESPERTARAM).
ESTAVAS TÃO INCONSOLÁVEL DA TUA TRISTEZA
QUE O AMADO TOCOU NO TEU CORPO
E O MOVIMENTO DOS TEUS SENTIDOS
CONTINUOU IMÓVEL
    AUSENTE
COMO SE TUDO FÔRA
MORTO.

                                  VANINA

Nº 2
NOV 64

Impresso em *kraft*, e distribuído em bares e teatros, o poema de Vanina, a garçonete do Zicartola, poeta amadora contemplada no movimento *O Menestrel*, de 1964.

ÍNDICE REMISSIVO*

[A bem da verdade, nem nasci] (I)	20
A casa – 1 (AAB)	13
A casa – 2 (I)	21
A chave do alçapão (BL)	131
[À flor da pele se passam] (I)	96
[A lâmina de minha faca] (AAB)	57
[A lança dos olhos] (A)	213
A linguagem dos tontos (I)	259
A meretriz (I)	205
A pluma (A&P)	278
[A preço de ocasião] (AAB)	18
Agnus Dei (BL)	116
Agô kelofé (AAB)	230
Alto retrato (I)	77
Apojatura (BL)	135
Aranha (I)	139
[As pessoas se assenhoram] (I)	268

---

* Abreviaturas usadas: A = Argamassa; AAB = Amor arma branca; A&P = Ária e Percussão; BL = Bolha da luz; C = Contradigo; CATC = Chove azul em teus cabelos; I = Inédito; MD = Mudando de conversa.

Bêbados (I) 209
Cadafalso (C)... 63
Cataplasma (I) 68
Cena dramática para um filme brasileiro (C) 112
[Como secar as palavras] (I) 288
Composição (A) 153
Conjectura (A&P) 246
Cosmogênese (A&P) 270
Da quarta aranha (I) 145
Da segunda aranha (I) 141
Da terceira aranha (I)................................. 143
Da última aranha (BL)................................ 147
Dai-me (I) 229
[Daqui em diante, nenhuma posse] (AAB).. 71
Das rinhas e passaredo (C) 125
Desmedido prazer (I)................................. 255
Dor (I)... 253
[E pulsou na pedra] (A&P) 284
[É um cansaço absurdo esse que me grassa] (I)... 43
[Ela comeu silêncio durante um longo tempo] (I).. 203
[Ele rolava como um seixo embriagado] (I). 195
Embornal.. 5
Escaravelho 149
[Estrangeiro em meu próprio sentimento] (AAB) 64
[Eu durmo com as onças e os cavalos] (I) .. 45
[Eu era uma pessoa onde as mangas caíam no quintal] (AAB)... 14
[Eu sou uma pessoa] (AAB) 46
Exercícios (I) 98
[Existo nessa rua] (A) 79

Face à faca (I) 248
[Faço de um tudo pra você desgostar de mim] (I) 275
Fado (BL) 237
Fado II (I) 59
Foram muitos panos (C) 16
Guerra santa (I) 250
Hermenegildo (I) 9
Iracema Vitória (C) 167
Labirinto (C) 243
Lavabo (A&P) 222
Liturgia (I) 100
Locos (C) 91
Lopes Chaves (I) 185
[Luís Sérgio está diante do motor] (AAB) .. 169
Memórias de um sargento das malícias (I) . 193
Merengue (I) 102
[Metade sabre de ouro] (A) 55
Metades (BL) 52
Metades II (I) 53
Morangos quase silvestres (I) 94
[Na trama sensível do corpo] (BL) 214
[Não faz-se o ódio assim, durante] (I) 247
[Nesse espaço que existe] (AAB) 245
Ninho de cobras (C) 201
[O amor é um abricó-de-macaco encapsulado durante algum tempo] (I) 261
O áporo itabirano (I) 181
O destrambelhado (A&P) 198
O Deus que eu procuro (I) 224
[O javali esconde-se nas ramas] (I) 133
[O que tenho] (A) 35
[Onde eu possa dormir sem esse ruído de amor] (CATC) 273

[Os dois amantes se fitam, e há nos olhos
de um uma poça d'água] (AAB) 211
[Os loucos, sei que os entendo] (BL) 257
Para Zélia (I) 286
Parto doloroso (I) 61
Pavana, se fosse possível em tempo de sam-
ba, para Aracy de Almeida (A&P) 171
Pixinguinha (MC) 186
Poema antropofágico (C) 117
Poema com happy end (A&P) 189
Poema do aconchego 1 (C) 104
Poema do aconchego 2 (C) 106
Poema do contradigo (C) 50
Poema estapafúrdio (I) 280
Poema ilibidinoso (I) 39
Poema informal e muito muito lírico (C).. 87
Poema para Norma Jean Baker (A&P) 175
Poema sibilante (I) 37
Poemeto safardana (I) 114
Quântico (I) 263
Recebendo visita (I) 235
Requiescat in pace (I) 83
Retrato (I) 196
Retrato de Dorothea – esboço (A) 158
Retrato III de Dorothea (A) 162
Retrato IV de Dorothea (I) 164
Retrato V de Dorothea (AAB) 165
Retratos de Dorothea (I) 160
Saber (I) 66
Saeta (A) 156
Salamargo (I) 219
Salmo I para São Luís (I) 233
[Se de fato me comeste] (I) 108

[Se persigo teus pêlos e fiapos] (I) 138
[Sem eira sem beira] (I) 207
Senhora Dona do Tempo (C) 73
[Senhora, dai-me esta água] (A) 227
Sete chaves (BL) 11
[Sou o molho pardo] (I) 110
[Tem dias que amanheço] (BL) 48
Território (I) 137
[Tímida, talvez] (I) 266
[Tímido amor esse, que atrevido,] (I) 265
Torquato (I) 188
[Tua cara de espuma] (I) 154
[Um dia haverá] (AAB) 24
Vago poema (CATC) 274
Vagocanto (A&P) 155
Visão chagalliana de São Ismael (o sambista) debruçado sobre nós (CATC) 183
[Vontade de ser ninho] (A&P) 239

IMPRESSÃO E ACABAMENTO:
YANGRAF Fone/Fax: 6195.77.22
e-mail:yangraf.comercial@terra.com.br